구름이 붓이 되어

구름이 붓이 되어

1판 1쇄 발행 ㅣ 2023년 1월 10일

지은이 ㅣ 김카니
발행인 ㅣ 이선우
펴낸곳 ㅣ 도서출판 선우미디어
　　　　등록 ㅣ 1997. 8. 7 제305-2014-000020
　　　　02643 서울시 동대문구 장한로12길 40, 101동 203호
　　　　☎ 2272-3351, 3352 팩스: 2272-5540
　　　　sunwoome@hanmail.net　sunwoome3@gmail.com
　　　　Printed in Korea ⓒ 2023. 김카니

값 15,000원

ISBN 978-89-5658-723-3 03810

구름이 붓이 되어

김카니 에세이

선우미디어

머리말

하늘에 구름이 그리움의 물결 되어 내게 말을 걸어온다. 때로는 조각구름이 비가 되어 선물같이 내 가슴을 적셔준다. 있는 듯 없는 듯 바람에 흘러가며 세상을 품는 나를 보라고 희망의 메시지를 보낸다.

돌이켜 보면 내 삶은 온전히 그리움뿐이었다. 이제 가는 세월을 애써 잡으려 하지 않아도 될 듯하다. 내가 살아온 삶을 기억하기 위해 글을 써왔다. 살아오면서 원치 않은 이별을 여러 번 경험했다. 예기치 않았던 이별에 외로웠고 감내하기도 버거웠다. 순서가 바뀐 죽음과 이별, 피하고 싶었던 시련들은 나를 무기력하게 만들었다. 살아오면서 남을 이해하기도 쉽지 않았고 사랑하는 것 또한 어렵다는 것을 터득했다.

다행히 글을 썼기에 견디고 버틸 수 있었다. 글을 쓴다는 것은 내 안에 또 다른 나를 찾아내 나만의 사유로 풀어내는 의미 있는 일이다.

나이 들어감이 초라하지 않도록, 지금의 내 삶의 느낌을 되도록 미화하지 않고, 있는 그대로를 글로 그려냈다. 그리고 늘 긴장하며 살았다.

흩어져 있는 조각구름을 모아 그리워하며 살아온 시간을 붓이 되어 엮어본다. 이제 내게 날개를 달아준 《구름이 붓이 되어》와 쉬지 않고 함께 가려 한다. 앞으로 삶의 향기를 예감하며 좋은 글을 쓰기 위해 하늘을 향해 날갯짓을 해보련다.

작품집이 출간될 수 있도록 힘이 되어준 두 딸 Annie, Patty 그리고 사위 James, 고맙고 사랑한다. 바쁜 시간을 쪼개어 영역해 준 Hannah Lee에게도 고마운 마음을 전한다. 작품을 평해주신 한혜경 교수님, 첫 수필집을 정성껏 엮어 주신 선우미디어 이선우 대표께 감사의 말을 전한다.

2022년 가을 Playa Vista에서
김카니

차례

1

그가 남긴
커플링

남편은 마치 떠날 것을 알고 있었는지
몇 달 전부터 신혼 때처럼 다정하게 손을 잡고 다니길 원했다.
어느 날, 커플링도 맞추자고 했다.
다 늦게 웬 커플링?
젊은이들이나 하는 것을 왜 하고 싶냐고 코웃음이 나왔다.
어색하지만 늙어가면서 똑같은 반지를 나누어 끼는 것도
의미 있겠다는 생각이 들었다.

– 본문 중에서

그가 남긴 커플링

오늘은 우리 부부의 결혼 37주년이 되는 날이다. 국화꽃 한 다발을 그의 비석 앞 꽃병에 정성스레 꽂았다. 봄바람에 실린 국화 향기가 달콤하다. 결혼기념일을 그와 자축하려 남편의 묘소를 찾았다.

평소 그가 술을 좋아했기에 올 때마다 한 잔씩 부어 주었는데 오늘은 두 손자 사진을 멋진 액자에 끼워서 가져왔다. 당신 없는 빈자리를 이 아이들이 채워주어서 행복하게 잘 지내니 내 걱정은 하지 말라고 했다. 남편이 살아 있다면 이 아이들을 얼마나 예뻐해 주었을까 생각하니 가슴이 메어온다.

비석에 새겨진 그의 이름을 손으로 쓰다듬는다. 햇볕에 익어서 따스하게 달아오른 비석이 그의 온기처럼 느껴졌다.

우리의 그날을. 물기를 머금어 축축한 잔디에 앉아 지나온 날을 되새겨 본다. 행복했던 순간을 그리워하며 다시는 울지 않으리라 다짐했던 약속을 깨고 실컷 울고 싶다.

서로의 눈빛이 통하여 마음이 움직여 미래를 약속했다. 한 손에는 프리지어 향기를 품고 설레는 마음으로, 아버지의 손을 잡고 식장으로 들어갔다. 아버지는 나를 포근히 감싸 안아 주시고는 등을 밀어 사위에게 넘겨주었다. 오래오래 행복하라며 눈시울이 붉어지셨던 아버지. 꾸벅 인사를 하며 내 손을 잡았던 남편. 이 사람이 내 기둥이고 지붕이구나 생각했다. 아니 그렇게 믿었다.

우리가 부부로 사는 33년 동안 힘든 일, 억울한 일, 결혼을 후회하던 때도 많았다. 시간이 자연스럽게 흘러가면서 잊고 살았을 뿐이다.

남편은 마치 떠날 것을 알고 있었는지 몇 달 전부터 신혼 때처럼 다정하게 손을 잡고 다니길 원했다. 어느 날, 커플링도 맞추자고 했다. 다 늦게 웬 커플링? 젊은이들이나 하는 것을 왜 하고 싶냐고 코웃음이 나왔다. 어색하지만 늙어가면서 똑같은 반지를 나누어 끼는 것도 의미 있겠다는 생각이 들었다. 그래서 그의 후배가 하는 금은보석방을 찾아가서 마치 결혼을 앞둔 신혼부부처럼 들뜬 마음으로 화이트골드 실반지를 맞추었다. 일주일 후에 찾으러 가기로 했다.

남편은 반지를 찾기 하루 전날 동창회에 다녀오다가 교통사고로 세상을 떠났다. 그가 이 세상에 없다는 것이 믿어지지 않는다. 어느 날 갑자기 현관문을 열고 들어올 것 같은 착각을 한다. 죽음으로 인한 헤어짐은 상상했던 것보다 너무 커서 감당하기 어려웠다.

장례식 날 그의 후배가 예쁜 상자 안에 나란히 끼어있는 반지를 들고 왔다. 반지를 보니 참고 있던 울음이 폭포수처럼 쏟아졌다. 결국, 그는 떠나면서 커플링만 남기며 영원히 자기 생각만 하라고 한 것 같다. 그이가 아끼던 물건을 관속에 함께 넣어줄 때 그 반지를 넣어야 하는지 아니면 갖고 있을까 고민을 했다. 커플링만큼은 보내기가 싫었다. 그 반지를 맞추며 좋아하던 그의 모습이 떠올랐다. 화장대 서랍 속에 유난히도 눈에 띄는 파란 상자 속 반지는 그가 마지막으로 남긴 나에게 준 귀한 선물이다.

그 사람을 떠나보내고 마치 죄인이 된 것 같은 기분으로 살았다. 곁에 있을 때는 사랑한다는 말이 왜 그렇게도 하기 어려웠는지. 이별을 예감했다면 하루에도 수십 번은 했을 것이다.

함께하는 동안 따뜻하게 대해주지 못한 후회가 밀려온다. 어떤 사람은 오랜 시간 동안 고통 속에서 고생하다 떠난다고 하던데 그나마 아무 고통 없이 갔다는 것이 하나님의 은혜라 생각한다. 죽음 앞에서 고생 안 하고 떠난 것에 감사한 마음이 생기는 것은 그만큼 그를 사랑했기 때문이다.

　죽음 앞에선 서열이 없는 것 같다. 그가 좀 더 내 곁에 있어서 손자들의 재롱을 함께 즐길 수 있었다면 얼마나 좋았을까 하는 생각이 문득문득 든다.

　시간이 지나면서 상실감도 외로움도 차츰 가라앉았다. 내 의지와 상관없이 그 사람을 잊고 살 때가 있다. 시간의 흐름 속에서 찾아오는 망각이다. 그와의 추억이 점점 잊혀져 슬프다. 언제부터인지 꿈에서도 만날 수 없다. 남편과의 영원한 이별, 누구나 한 번쯤은 감당해야 할 몫이라는 생각으로 인생의 흐름을 자연스럽게 받아들여야 할 것 같다.

　이제 남은 삶을 새롭게 엮어 줄 또 다른 꿈을 꾸고 싶다. 좋아하는 일을 하고 여행도 다니며 새로운 나의 삶을 만들어 가면서 살아야지.

　남편의 맑고 환한 미소를 떠올리며 함께 했던 추억을 국화 향기에 실어 보낸다.

　생각날 때마다 한 번씩 열어보는 파란 상자 속에 커플링! 오늘은 그가 남긴 커플링을 끼고 올 것을….

거울 속에 비친 내 모습

아픔은 모든 것을 순간에 무너뜨린다. 아무 생각도 할 수 없게 만든다. 왼쪽 무릎이 몹시 아프다. 통증이 심하여 식은땀이 흐르고 굽혀진 다리는 펴지지 않는다. 초저녁부터 시작되어 새벽까지 계속 나를 괴롭힌다. 시계의 초침 소리가 어둠 속에 침묵을 더욱 무겁게 한다.

친구에게 연락해야 하는데 시간은 이리도 더디게 가는지 한숨만 나온다. 울컥 치미는 서러움. '왜 하필이면 혼자 있을 때람.' 두 달정도 애완견과 함께 머물렀던 둘째 딸이 이틀 전에 뉴욕으로 돌아갔다. 사위와 두 손자를 데려와서 3주를 복닥거린 큰딸도 지난주에 돌아갔다. 어른들은 재택근무, 아이들은 줌으로 공부하느라 바쁜 뒤치다꺼리를 나 혼자서 다 떠맡았으니 고장이 날 만도 하다.

블라인드 사이로 희뿌옇게 새벽이 열릴 때쯤, 친구에게 전화를 했다. 울먹이며 나는 지금껏 살아오며 이렇게 아픈 것은 처음이라 말했다. 친구는 단번에 달려왔다. 어려운 일이 생길 때마다 찾아와 위로를 해주는 고마운 친구다. 휠체어를 타고 병원 응급실에 갔다. 접수가 끝나자 건물 밖 임시로 세운 텐트 안으로 안내됐다. 밤새 환자에게 지쳐있던 의사는 유니폼 위에 빛바랜 쥐색 후드 재킷을 걸쳤다. 머리는 헝클어지고 면도는 언제쯤 했는지 코밑에 수염이 송골송골 올라왔다. 나는 밤을 새울 정도로 아파서 심각한데 의사는 몇 마디 안 하고 X-ray 검사를 받고 나서 보자고 했다.

병동의 자동문이 열릴 때마다 복도 침대에 하얀 시트로 덮인 환자가 보였다. 그쪽은 코로나 환자가 있는 곳인가 보다. 이 순간에도 저 건너에서는 생과 사의 갈림길에서 고통으로 견디는 환자가 있다. 죽음은 삶과 결코 무연한 일이 아니다. 죽음이란 삶의 끝이 아니라 다음 생애의 시작이라고 하지 않았던가. 아픈 것도 내 삶의 과정이며 이 모두는 겪고 풀어야 할 숙제다.

의사는 목발과 무릎 보호대와 진통제를 처방해주고, MRI 오더를 내리고 자리를 떴다. 난생처음으로 목발을 짚고 집으로 돌아왔다. 며칠 후 주치의와 통화를 하니 관절 부위가 붓고 염증이 있다고 했다. 병명에 비교하면 통증은 이루 말할 수

없이 컸다. 후에 정형외과 의사는 물리치료를 권했다. 정초부터 목발 인생이 되었다.

나쁜 일은 어느 날 슬며시 비집고 들어오나 보다. 살다 보면 두려워했던 일이 종종 현실이 될 때가 있다. 지금 나를 가장 불안하게 하는 건 후에 무릎 수술을 하게 될지도 모른다는 걱정이다. 재발 우려가 크다고 들었다. 일어나지도 않을 일을 자꾸 생각하다 보니 앞으로가 두렵다.

오른쪽 다리로만 버틴 지 열흘이 지났다. 통증은 거의 사라졌지만 불편함은 여전하다. 자신을 제대로 보살피려면 먼저 정신적으로 건강해야만 한다. 몸과 마음이 모두 건강한 사람이 가장 이상적이지 않을까.

가장 먼저 해야 할 일은 마음의 결함에서 벗어나 건강해지는 일이다. 부와 명예를 가졌다고 해서 성공한 게 아닐 것이다. 억울해하지도 슬퍼하지도 말자. 살아가면서 내가 치러야 할 몫이다.

올 한 해 동안 겪을 아픔을 이 고통으로 마무리하고 싶다. 약해지면 내 삶은 최악의 상황이 된다. 세상을 바라보는 마음의 눈이 달라지면 행복도 그만큼 가깝게 느껴진다.

목발 짚은 거울 속 내 모습 뒤에 건강해져 활짝 웃는 나를 그려본다. 올해의 내 목표다.

마이타이 한 잔

구름 위를 날고 있다. 하와이를 다녀오는 기내에서 스튜어디스가 식사 전 음료를 주문받고 있다. "I'd like a Maitai, please."라는 내 말에 그녀는 놀라는 눈치였다. 혼자서 이른 아침에 술을 주문하니 예사롭게 보이지 않았나 보다. 시킨 나도 속으론 웃었다. 살면서 한 번쯤은 마이타이를 마셔봤을 텐데 어떤 맛인지 궁금했다.

일주일 전 하와이로 향하는 기내에서 옆자리에 앉은 멋쟁이 백인 모녀 때문인지도 모른다. 그날 그들이 마이타이를 마시면서 즐기는 모습이 내 머릿속에서 기회를 노리고 있었나 보다. 그들은 아침부터 술을 마시면서 하와이 여행에 들뜬 기분을 냈다. 그때 나는 진하고 쓴 맛없는 커피를 시켜놓고 억지로 마시는 둥 마는 둥 했었다. 곁눈질로 슬쩍 그들을 보면서 칵테일 한 잔으로 모녀간의 사랑이 느껴져 부럽기도 했다. 어떤 맛일까. 궁금했지만, 아침부터 '웬 술?' 하면서 식어버린 커피를 슬쩍 밀어 놓고 거들떠보지 않았다.

옛말에 낮술은 부모도 몰라본다고 하지 않던가. 내 정서에는 아침부터 술을 마시면 알코홀릭으로 의심했다. 미국에 산 지 40여 년이 되는 동안 젊은 애들과 학교도 다녀봤고, 미국회사에서 일도 했었다. 나름대로 젊게 산다고 생각했으나, 내 의식은 보수적인 한국 여인인가 보다.

가끔 큰딸네 집에 가면 아침 겸 점심을 먹기 위해 브런치 레스토랑을 찾는다. 샌프란시스코만 해도 식당 안에는 백인 손님이 많다. 식당 안은 한국이나 미국이나 여자들이 대부분이다. 여인들은 '미모사'나 '샴페인'을 주문해서 함께 식사한다. 와이너리가 근처에 많아서인지 와인을 즐긴다. 식사보다 한 잔의 술과 오가는 대화가 그들의 주메뉴인 듯싶다. 여유롭게 담소하며 삶을 즐기는 식사 문화를 부럽게 느끼곤 했다.

남편은 생전에 음식이 좋을 때 가끔 술을 찾았다. 내 앞에 한 잔 따라놓고 남편 혼자서 즐겼다. 남편이 떠난 후 마실 기회가 없어진 지금, 진즉에 "치얼스!" 하면서 기분을 맞춰주지 않았을까. 지금 후회도 된다.

아침에 술을 마신다는 게 결코 놀랄 일이 아니다. 내가 살아온 삶은 지극히 평범하다. 앞으로도 그렇게 살 것이지만, 새로운 경험은 삶의 한 부분일 뿐이다. 고정관념에서 벗어나 자신이 정한 틀 안에서의 일탈은, 때론 긍정적인 에너지를 만든다고 생각한다. 마이타이 한 잔이 행복을 느끼게 했다면 그 순간은 의미 있는 시간이 되리라 믿는다.

일과가 끝나고 하늘을 붉은빛으로 물들인 노을을 보고 있으면, 가끔 와인 한 잔이 생각날 때도 있다. 한 잔의 와인에 피로가 풀리고 위로가 된다면, 구태여 삶의 태도나 습관을 바꾸고 싶지 않다. 딸들은 잠자기 전에 레드와인 한 잔은 수면과 혈액 순환에 도움이 된다지만, 습관이 무서워서 엄두도 못 냈다. 난 오늘 술맛이 궁금했고 그녀들이 즐거워하던 일등석만의 기분을 흉내 내고 싶었는지도 모른다. 어떠한 구속과 관념에 매이지 않은 이른 아침에 커피가 아닌 마이타이 한 잔으로 멋을 부려보았다. 술맛보다 파인애플주스를 더 많이 섞어서인지 달기만 했다.

한 잔의 마이타이가 앞으로의 내 삶을 바꾸어 놓을 수 있을 것 같다. 나에게 주어진 시간은 자꾸 흘러가고 있다. 이제 시간의 여유를 가지고 내가 못 해본 것, 안 해본 것을 하며 소소한 행복을 느끼고 싶다.

작은 잔을 살살 흔드니 연한 무늬가 그려졌다가 가라앉는다. 내 삶의 무늬를 마이타이 잔 안에 그려 놓는다.

황금빛 호수

아침 일찍 전화가 왔다. 큰딸의 모닝콜이다. 내가 혼자 된 후부터 밤새 별일이 없는지 매일 전화를 해준다.

"엄마, 어젯밤에 아빠 꿈을 꾸었어. 아빠는 머리부터 발끝까지 황금빛이었어. 분명히 사람의 형태로 나타났는데 금빛이 너무 강해서 자세히 볼 수가 없었어. 좋은 꿈이야?"

그가 떠난 후 가끔 보내오는 천국 소식이다. 오늘은 딸에게로 기별을 보냈나 보다. 가슴에 싸한 바람이 몰려왔다.

"아빠는 한참을 말없이 서 있다가 그냥 돌아가는데 온통 황금빛으로 된 호수로 들어가는 거야. 그곳에 금빛 머리들이 많아 보였어. 참 이상해. 황금빛 호수로 들어가는 것만 생생하고 다른 것은 자세히 생각이 나지 않아."

황금 면류관이란 말은 들어보았지만, 금빛 머리는 처음 듣는 말이다. 딸의 목소리에 눈물이 고였을 거라는 생각이 든다.

참 특이한 꿈이다. 딸한테는 아주 좋은 꿈 같다고 말해 주었지만, 온종일 꿈 얘기가 내 머릿속에서 지워지질 않는다. 남편이 천국에 있다는 뜻일까. 남편이 황금 면류관을 쓰고 있으니 걱정하지 말라며 나를 위로해 주려는 것일까. 어린아이 같은 마음을 가진 사람이었으니 순수했던 삶이 그를 좋은 곳으로 이끌었을까. 꿈 대로라면 참 다행이다.

벌써 삼 년이란 세월을 흘려보냈다. 누군가를 가슴에 묻고 살아간다는 것을 이젠 실감할 수 있다. 처음엔 마치 남의 인생을 살고 있는 것 같았는데, 시간이 흐르면서 혼자가 된 삶이 자연스러워졌다. 남편이 떠난 후 처음에는 웃고 산다는 것이 너무 힘들었으나 시간이 흐르면서 혼자서도 버티고 있는 나 자신을 깨달았다.

인간에게 잊을 수 있는 위대한 능력이 있다는 것이 얼마나 다행인가. 가슴에 응어리를 스스로 삭여가며 체념하고 있나 보다. 하지만 아직도 그를 생각하면 눈시울이 뜨거워질 때가 있다.

우리의 의지와 상관없이 어느 날 하나님이 부르면 갈 수밖에 없음을 나는 이제 확실히 안다. 아무런 저항도 없이, 사랑하는 사람조차 미련 없이 두고 떠나야 한다는 것을.

누구나 본능적으로 죽음에 대한 두려움을 가지고 늦추려 노력한다. 그러나 그 어떤 것도 죽음을 해결할 수 없음도 안다. 어느 날인지는 알 수 없지만 피할 수 없는 하나의 과정이다. 이미 정해져 있는 이별 속에서 사는 우리는 모든 것을 물 흐르듯 자연스럽게 받아들일 수밖에 없다.

하나님만이 내 인생의 주인이신데 오랫동안 내 뜻대로 살아왔다. 누군가가 그랬다. '죽음이 괴로움을 불러오는 것이 아니라 죽었다는 생각에 사로잡힐 때 괴로움이 일어난다.'라고.

알고 보면 산다는 것은 결국 드러냄과 감춤의 반복이다. 세월은 흐르고 우리는 모두 늙고 병들어 죽는다. 죽음에 대해 슬픔과 두려움을 모두 잊고 오늘 주어진 시간에 최선을 다하는 것이 우리가 할 수 있는 유일한 준비가 아닐까 싶다.

산다는 것은 분명 현실이다. 지금부터라도 내가 할 일들을 찾고 후회 없는 삶을 만들어 가야겠다는 다짐을 한다.

그 황금빛 호수에 이르는 날까지 남은 삶을 사랑하며 나누고 인생의 깊은 흐름을 읽을 수 있는 성숙한 마무리를 향하여 걸어가고 싶다.

그리움을 바라보는 추억만으로

서쪽 하늘이 온통 금빛으로 창을 덮었다. 저녁을 먹으려다 가 문득 혼자라는 생각에 외로움이 밀려와 넋을 놓고 바라보 았다. 이미 식어버린 뭇국을 한술 뜨려니 넘어가질 않는다. 이 맛이 아니다. 엄마가 끓여주던 그 맛이 새삼 절실하게 떠오 른다.

지난여름 새벽에 엄마가 떠나셨다는 동생의 전화 소리에 가 슴이 철렁 내려앉았다. 순간 가슴이 메어 울음조차 나오지 않 았다. 삼일장을 치러야 하므로 내가 바로 서울로 간다고 해도 장례식에 참석할 수 없는 여건이라 안타까웠다.

그나마 코로나가 한층 기승을 부리던 작년 5월에 위험을 무 릅쓰며 호텔에서 자가격리 14일을 하면서까지 엄마를 보고 왔 다. 병원 출입문 옆에 마련된 비닐 텐트 안에서 서로 손 한 번 잡아보지 못했다. 휠체어에 앉은 채 엄마는 소리 내서 울었다. 태어나서 그렇게 큰 소리를 내며 우는 엄마의 모습을 처음 보았다. 예고 없이 갑자기 나타난 큰딸이 반가웠고, 그리고 요양병원에 갇혀서 2년 가까이 시간을 외롭게 보내야만 했던 당신이 서러워서일 게다.

비닐을 사이에 두고 서로 다섯 손가락과 손바닥을 맞추어가며 나는 텐트 밖에서 울었다. 눈물로 범벅이 되어 제대로 보지도 못했는데 면회 시간이 초과하였다며 엄마를 모시고 온 간호사는 야속하게 병원 안으로 데리고 들어갔다. 10분도 안 되는 짧은 만남이었다. 며칠 후 다시 면회 갔을 때 엄마는 차고 있던 손목시계를 풀어주며 더는 오지 말라 했다. 그 시계는 몇 년 전 내가 사준 것이다. 테두리가 유난히도 반짝거리고 고급스러워 보여선지 유독 그 시계를 아꼈다. 나 말고 나중에 가장 주고 싶은 사람 주라며 헤어졌다. 그렇게 다녀온 후 두 달 후에 조용히 가셨다.

허무하게 가신 엄마를 생각하면 아프고 쓰라린 기억뿐이다. 좋은 곳을 갈 때도, 맛있는 음식을 먹을 때에도, 내가 행복할 땐 더더욱 가슴속에서 살아난다. 어디선가 내려다보고 있는 듯해 가슴 저리게 아프다. 엄마가 무친 나물 반찬과 무 넣고 시원하게 끓여주는 생태찌개는 비 오는 날이면 더욱더 생각난다. 오랜 시간 푹푹 끓여낸 부드러운 시래깃국의 진한 맛은

흉내조차 낼 수 없다. 오늘따라 잊은 줄만 알았던 엄마의 손맛이 담긴 음식이 그립다. 눈물이 날 만큼 간절하다.

모든 것은 다 지나가게 돼 있지만, 그리움을 품은 시간은 언제나 내 가슴을 후벼댄다. 10년 전 갑자기 교통사고로 우리 곁을 떠난 남편의 빈자리는 갈수록 더 커진다. 온 가족이 함께했던 멋진 레스토랑의 분위기에 행복했던 시간은 추억 속에만 남아 있다. 면도 후의 싱그러운 남편의 향기를 이제는 어디서도 느낄 수가 없다. 가끔 세 손자와 행복한 시간을 보낼 때마다 그가 더욱 생각나 울컥 뜨거움이 올라온다. 아직도, 보고 싶은 애틋한 마음은 석양의 노을 진 창가에 앉아 한 잔의 와인과 함께 수십 곡의 음악을 듣게 만든다. 때론 음악에 온몸이 젖어야만 견딜 수 있다. 그는 언제나 내 머릿속에 머물러 있다.

'순서가 바뀐 죽음처럼 무서운 건 없다.'라는 구절을 어디선가 읽었다. 아끼던 남동생은 얼마 전 뭐가 그리 급한지 서둘러 떠났다. 고등학생 때부터 매형을 잘 따랐던 동생은 남편에게 둘도 없는 친구 같은 처남이었다. 조카는 고모부가 하늘나라에서 마중 나와 둘이 손잡고 좋은 시간 보낼 거라며 나를 위로해줬다.

나는 10년 사이에 사랑하는 네 사람을 먼저 보냈다. 남편과 아끼던 동생 그리고 아버지와 엄마다. 그리움은 내가 살아있는 동안에 바늘로 가슴을 콕콕 찌르는 아픔을 불러온다. 시간이 흘러 망각이란 보이지 않는 치료 약이 있어도 상실감은 치유되지 않을 것이다. 그 허전함을 채우려는 듯 새로운 생명이 나를 찾아왔다. 딸의 세 번째 아이가 선물처럼 우리에게 왔다. 비록 조산아로 태어났지만, 지금은 삼 형제 중 가장 건강한 아이로 자라고 있다. 코로나 팬데믹 기간에 태어나 가족이 걱정을 많이 했는데, 이제 막 뒤집기를 하고 방긋방긋 웃어주는 그 애를 바라볼 땐, 세상 힘들고 어려운 일은 다 잊는다. 내가 누군지도 모른 채 눈이라도 마주치면 옹알이를 제법 크게 하면서 웃는다. 시간이 갈수록 행복의 분량은 줄어든다지만 그래도 남은 사람만이 즐길 수 있는 또 다른 세계를 만들어주나 보다.

내가 살아있는 한 사랑해야 할 손자들. 나의 얼어붙은 가슴을 하나씩 하나씩 녹여내는 세 아이, 육신이 고달프고 아프더라도 난 이들을 위해 매일매일 최선을 다할 것이다. 나를 바라보는 초롱초롱한 손자들의 눈과 항상 걱정스러운 마음으로 나를 챙기는 딸과 사위를 위해 건강하게 살자고 스스로 다짐한다.

아직도 남의 눈에는 보이는 것이 내 눈에는 보이지 않는 게 있을 거다. 삶은 견뎌야 한다. 소중한 사람을 떠나보내고 깨달았다. 그때 알았더라면 좋았을 텐데. 그리움도, 시간의 상처도. 왜 그땐 몰랐을까 하면서 후회하지 않게 남은 시간 가족들에게 최선을 다하련다.

어제를 살았다고 오늘 다 아는 것은 아니다. 하루를 견뎌낸 해가 곱게 하늘을 물들이며 나에게 말한다. 그리움을 바라보는 추억만으로 내일의 또 다른 하루를 맞이할 수 있어 행복할 수 있다고.

빗소리로 찾아온 해피

창을 두드리는 빗소리에 잠이 깼다.

창문을 여니 싸하게 밀고 들어오는 찬바람, 허공을 가르며 내리는 빗줄기가 굵다. 창밖의 비를 보며 캉캉 짖어대던 해피가 생각났다. 그 귀여운 게 내 곁을 떠난 지 벌써 두 달이 지났다. 15년을 가족처럼 정을 주고 살았던 반려견이다. 처음 우리 집에 왔을 때는 2개월이 막 지난 강아지였다.

남편은 막내딸이라며 조그맣게 베개를 만들어 함께 침대에서 데리고 잤다. 거의 매일 애완동물 상점에서 장난감과 간식거리뿐 아니라 예쁜 옷이며 심지어는 신발도 핑크색으로 사왔다. 그의 눈에는 자신만을 유독 따르는 해피 뿐이었다.

해피는 그날부터 남편의 사랑을 독차지하며 재롱을 떨었다. 그러던 어느 날 남편이 동창회에 다녀온다며 나간 후 이별할 시간도 주지 않고 갑작스레 떠나버렸다. 세상이 모두 사라진 것처럼 텅 빈 그의 빈자리로 삶의 의욕을 잃었을 때, 해피가 내 옆에서 그 사람의 온기를 느끼도록 해주었다. 아니, 해피도 나처럼 그의 손길이 그리워 서로를 바라보았는지 모른다.

24시간을 함께하는 사람이면 섭섭하기도 하고 때론 밉기도 하겠지만, 해피에게는 의식하지 않아도 스르르 마음이 열리고 정이 간다. 사랑을 주고받는다는 것은 대상이 누구이든 느끼는 감정은 똑같다. 음악에 맞추어 꼬리를 흔들며 춤을 추고 눈짓만 해도 알아듣고는 깡충대던 재롱둥이였다. 가끔 여행하고 돌아왔을 때 반기던 모습은 가슴을 찡하게 했다. 베이비시터에 맡겨져서 서글펐던 마음과 자신에게 다시 돌아와 준 것에 대한 반가운 표현은 지금도 잊을 수가 없다. 소리 내 울며 깡충 뛰어 올라와 내 다리를 감고 몸을 부들부들 떨었다. 난 해피의 흥분이 가라앉을 때까지 꼭 안아주곤 했다.

해피를 보내고 얼마 안 된 어느 날 메일함에 낯선 편지가 있었다. 뜯어보니 무지개다리 그림이 있는 엽서와 함께 작가 미상의 'Rainbow bridge'라는 글이 적혔다.

'무지개다리'는 사랑하는 반려견이 병으로 혹은 나이가 들어 죽어서 그들만이 사는 천국으로 들어가는 다리다. 사람이 죽어 요단강 건너가면 천국이 있다고 하듯이, 이들의 세계도 특별한 친구들과 뛰어놀 수 있는 따뜻하고, 음식이 풍족하며,

햇빛이 빛나는 편안한 초원이 있다는 것이다. 해피가 그곳에서 건강하고 행복하게 살면서 세상에 두고 간 한 사람을 그리워하며 상한 마음을 치유하길 바란다는 글과 함께 'So sorry for your loss'라는 병원 스태프들의 사인이 있었다.

영원히 강아지로만 살 것 같았던 해피의 모습도 나이를 먹으면서 늙어갔다. 앞다리 관절이 휘어지고, 눈은 서서히 안 보이며, 귀도 잘 들리지 않는 초라한 할머니가 되었다. 마치 남편을 떠나보내고 나날이 변해가는 나를 보는 것 같아 더 애정을 쏟았다. 어느 날 배 아래로 콩알만 한 혹이 보여서 병원에 데려가 피검사와 조직검사를 해보니 피부암이라고 했다. 그날로 수술 날짜를 잡고 혹을 제거했다. 얼마 안 있어 혹은 빠르게 여기저기 툭툭 불거져 나왔다. 골프공만 하던 게 주먹만 한 큰 혹이 세 개나 눈에 보였다. 수의사는 더 이상 수술은 의미가 없다는 진단을 했다.

해피는 세상사에 관심을 잃고 식욕이 없는지 그저 햇볕이 드는 따뜻한 곳에 누워만 있었다. 뒤뚱거리며 걷는 모습을 보며 안타까웠지만 내가 해줄 수 있는 일은 없었다. 주위에서는 편안하게 보내주는 것이 고통에서 헤어나게 하는 방법이라지만 내 욕심에 하루라도 곁에 더 두고 싶었다. 안락사라는 말을 꺼내는 친구에게 오히려 화를 내기도 했다. 점점 눈에 띄게 힘들어했다. 숨을 한꺼번에 몰아쉬었다. 몸 여기저기서 혹 덩어리가 살갗을 뚫고 나올 것처럼 커지는 게 위태위태했다.

내가 정말 해피를 위하는 길은 무엇일까. 이것이 사랑일까. 집착일까. 나를 위해서인가. 아프다고 소리치지도 못하는 그 고통을 나는 알면서 모른 체하는 것은 아닐까. 마음이 복잡했다. 어떻게든 하루라도 더 살리고 싶은 마음과 편안하게 보내줘야 한다는 마음 사이에서 고민했다. 솔직한 심정은 이별이 싫었다. 매일 아침 '하이!' 하면서 꼬리를 흔들며 안기는 희망을 버릴 수가 없었다.

자신의 반려견을 안락사시킨 친구와 함께 해피를 마지막 보낼 때를 생각하면 눈물이 흐른다. 남편을 보냈을 때와 또 다른 슬픔이 나를 휘감았다. 병원 좁은 방구석에 앉아 울고 있는 나를 바라보던 모습, 눈망울 가득 투명한 눈물을 머금고 쳐다보던 그 선한 눈빛을 잊을 수가 없다. 마치 울고 있는 나를 달래는 것 같았다. 의사의 등 뒤로 해피의 마지막 모습이 보일 때가 생각난다. 마지막 인사할 겨를도 주지 않았던 남편과는 달리 해피는 힘없는 눈으로 안녕을 말하며 서서히 눈을 감는 듯했다. 나도 눈짓으로 잘 가라 하면서 남편의 빈자리를 오랜 시간 함께 해주어서 고마웠다고 했다. 나의 슬픔을 잔잔한 기쁨으로 채워준 막내딸, 해피야 안녕.

빗줄기가 가늘어졌다. 그리운 마음이 점점 쌓여 가슴이 터질 것 같아 우산을 받고 해피와 함께 산책하던 길을 걸었다. 핸드폰에서 70년대 팝송을 찾아 틀었다. 예전에 즐겨듣던 〈If you go away〉를 경음악으로 들으니 눈물이 흘렀다. 집을 나설 때마다 방실거리며 나를 반겨주던 담장 밑 흰장미 무리가 한결같이 고개를 숙이고 뚝뚝 꽃잎을 떨어뜨린다. 그들도 해피가 그리운 걸까. 창피한 것을 잊고 그냥 소리 내어 울었다. 해피를 병원에 두고 올 때 차 안에서 소리 내 운 뒤로 오랜만에 실컷 울었다.

그동안 내 안에 쌓여있던 슬픔이 많았나 보다. 빗물은 우산을 타고 흘러내리고, 눈물은 내 마음속 상처를 어루만졌다. 더는 헤어지는 아픔은 없었으면 한다.

"사랑하는 해피야, 아름다운 그곳에서 오랫동안 아프지 말고, 늙지도 말고, 행복하기를 바란다. 그리고 엄마를 영원히 잊지 않고 기억해 줘."

이 비가 그치면 창밖에 무지개가 뜨겠지. 무지개다리에서 건강한 모습으로 뛰어놀 해피를 그려본다.

동생 바라기, 큰딸

세 살짜리 딸을 데리고 우리 부부는 미국에 왔다. 낯선 땅에 자리 잡느라 참 열심히 살았다. 어느 날, 킨더가든에서 돌아온 다섯 살짜리 딸은 "왜 나는 시스터도, 브라더도 없는 거야?" 하면서 서럽게 울었다.

나는 전문직 직업을 갖기 위해 패션 칼리지에 막 등록한 후였다. 공부하고 일도 해야 하는데, 임신하면 모든 게 물거품이 될 것 같았다. 그때 나는 둘째를 가질 꿈도 못 꾸던 시기였다. 아이의 간절함을 무시할 수밖에 없었다. 남편은 둘째를 가져야 하니 학교를 그만두라고 했다. 막 시작한 공부와 이미 낸 비싼 등록금은 어쩌라고.

그때부터 딸아이가 이상한 행동을 하기 시작했다. 아침에 일어나보면 우리 방 침대 밑에 이불을 끌고 와 자고 있었고, 또 그 이불을 끌고 한밤중에 이 방 저 방 돌아다니며 울고 있었다.

말끝마다 "I am lonely."를 외쳤다. 할 수 없이 딸의 소원을 들어주기로 했다. 그러나 마음대로 아이가 들어서지 않았다.

4년이 지난 후 둘째가 생겼다. 우리는 뛸 듯이 기뻤다. 큰애를 난산으로 출산했기에 걱정이 되었다. 남편은 아기가 자기 밥그릇을 갖고 태어나니, 순산만 하라고 다독였다. 서른다섯 살이 넘은 나는 태아의 건강 상태와 유전자 이상 여부를 확인하기 위해 양수검사를 했다. 건강한 딸이라는 간호사의 말에 가슴이 두근대며 눈물이 쏟아졌다. 딸에게 큰 선물을 한 셈이다.

일과 공부, 아기까지 키우는 일은 쉽지 않았다. 아기가 열이 펄펄 나서 새벽에 응급실에 간 일, 아픈 아이를 베이비시터에 보내야 하는 애처로움 등 힘든 고비가 여러 번 있었지만, 큰딸이 나를 도와주어서 작은딸 키우기가 수월했다. 원하던 동생이 태어났기에, 자기가 돌봐야 한다고 생각했다니 지금 생각해도 기특한 아이다.

고등학교 때 자원봉사자로 일할 때, 아르바이트할 때도, 동생을 데리고 다녔다. 친구 생일파티에 동생을 떼 놓고 혼자 오라고 말했지만, 무시하고 동생을 데리고 갔다. 그 친구 엄마가 동생 챙기는 걸 보고 감탄했다는 말에 내심 자랑스러웠다.

동생 픽업하라고 일찌감치 자동차를 사주었더니, 방과 후

아이를 데리고 캔디 가게에서 일을 했다. 언니가 계산을 해주는 동안 동생은 손님이 흘린 캔디를 청소를 했다는 이야기를 늦게야 알았다.

딸들은 재미있는 추억거리로 그때의 이야기를 한다. 이렇듯 큰딸은 학교에서, 또 우리 동네 밸리에서 유명한 동생 바라기였다.

큰딸의 관심과 사랑 속에 작은딸은 어느덧 IT 회사의 자기 부서에서 리더로 일하고 있다. 딸들은 우애가 깊고 서로 위하며 지극히 서로를 사랑한다. 그들을 바라보는 일은 큰 행복이다.

늘 엄마인 나를 위해 기도해주는 두 딸, 그들로부터 얻는 위안과 행복은 어느 것과 비길 수 없다. 내가 최고로 잘한 일은 9년이 넘는 터울이라도 작은딸을 낳은 일이다. 조금 후회하는 건 딸들에게 동생을 더 낳아주지 못한 것이다. 한국이라면 사촌들과 친척이 많아 외롭지 않을 텐데, 이곳에 단 자매만 있다고 생각하면 가슴이 아리고 딸들에게 미안하다.

몇 달 후면 큰딸 가족에게 새 생명이 찾아온다. 아기는 태어나서 사랑받는 순간부터 행복을 느낀다고 한다. 가족은 서로에게 기쁨을 주고 따뜻한 정을 만들어간다. 가족이라는 울타리는 소중하기에 난 아낌없이 사랑할 것이다. 새 생명은 우리 가족의 기쁨이요, 축복이다.

2

호박 대가리

자라면서 아이는

눈에 띄게 예뻐져서 주위의 눈길을 끌었다.

호박은 한국에서 못생겼다는 의미이지만,

미국은 귀엽고 사랑스럽다는 애칭으로

아이에게 '펌킨(pumpkin)'이라 불린다.

시어머니의 손녀인 그 '호박 대가리'가 자라면서

피아노 회사 어린이 모델로 뽑혔고,

미스코리아 선발대회에 내보내자는 권유도 받았다.

나는 어느새 '예쁜이 엄마'로 불렸다.

– 본문 중에서

호박 대가리

아기가 태어나자 시어머니의 첫마디는 호박 대가리가 나왔다고 했다. 시어머니가 시누이와 통화하면서 홧김에 내뱉은 말이다. 시부모님은 늦둥이 막내아들인 남편한테서 손자를 간절히 원하셨다. 위로 두 형이 딸만 두었기 때문이다.

임신 6개월이 넘어서자 내 몸이 아들을 가진 몸매라 단정 짓고 임신복도 예쁘다 눈짓만 하면 몇 벌씩 사주셨다. 막달에 들어서자 아기 이불과 베개 또 배냇저고리 모두 파란색으로 준비해 주셨다. 기대했던 손자가 아닌 손녀가 태어났으니 실망도 크셨겠다. 시누이가 전해 준 그 말이 서운해서 나는 눈물이 펑펑 쏟아졌다.

그날부터 가시방석에 앉은 심정으로 몸조리하려니 눈물이 저절로 흘렀다. 난산 끝에 낳은 아기여서 더 안쓰럽고 마음이 저려 한 번이라도 더 안아주고 쓰다듬었다. 그날 병원에서 태어난 아기는 모두 아들이었는데 나만 딸이었다.

남편은 시아버님께 딸이라도 섭섭하지 않으시다면 최고 유명한 작명가한테 이름을 지어달라고 부탁했다. 어머님께는 최상품 소꼬리로 미역국을 끓여달라 했다면서 울고 있는 나를 달래주었다. 이름도 비싼 작명가한테서 지었고 값비싼 소꼬리 미역국도 먹었지만, '호박 대가리'라는 호칭은 변함없었다.

열흘이 지나자 눈치가 보여 시댁에서 우리 집으로 돌아왔다. 친정엄마가 몹시 보고 싶었지만, 이모부 장례식에 다녀오셔서 아기한테 좋지 않다며 오시기를 꺼렸다. 가사도우미를 불렀는데 경험이 없어 산후조리에는 전혀 도움이 되지 않았다.

퉁퉁 부은 몸으로 우유병을 열려니 손가락이 접힌 채로 펴지질 않아 애를 먹곤 했다. 다리는 마치 바람이 뼛속을 뚫고 드나드는 것 같은 고통으로 참을 수 없었다. 그땐 몰랐는데 산후풍으로 일 년을 넘게 고생을 했다. 지금도 그 영향을 받아서인지 건강이 좋지 않다.

한 달이 지난 후 친정엄마는 산모에게 좋다는 한약과 여러 가지를 챙겨오셨지만, 그동안 겪은 고통에 원망을 많이 했다. 시어머니가 우리 아기를 '호박 대가리'라고 불렀다며 하소연하니, 친정엄마 역시 아들을 바랐는지 한술 더 떠 '알타리무'같이 생겼다며 놀렸다.

엄마는 웃기려고 했지만, 난 도무지 웃음이 나오질 않았다. 천사 같은 아기한테 어른들이 너무 한다며 아기를 자세히 들여다보니, 볼때기가 통통하게 삐져나온 게 총각무 같기도 했다. 딸아이의 인물을 생각하니 앞날이 캄캄했다.

백일쯤 지난 아기에게 지적으로 생겼다고 시누이가 말해줘서 조금은 위로가 되었다. 두 돌이 넘도록 아들처럼 야구 모자와 파란 점퍼를 입혔다. 여자아이 인물이 이대로라면 어떻게 하나 걱정했던 철없는 엄마였다.

아이는 자라면서 인물이 수십 번 변한다고 하지 않던가. 세 살쯤에는 머리도 제법 자라서 양 갈래로 묶어주고 드레스를 입히며 나름 외모에 신경을 썼다. 같은 아파트에 사는 광고회사 PD가 CF에 모델로 내보낼 의향이 없는지 내게 물었다. 미국에 이민 와서 유치원에 보냈는데 모 신문사에서 주최한 예쁜 어린이로 뽑혀서 세상에 얼굴이 대문짝만하게 나왔다.

자라면서 아이는 눈에 띄게 예뻐져서 주위의 눈길을 끌었다. 호박은 한국에서 못생겼다는 의미이지만, 미국에서는 귀엽고 사랑스럽다는 애칭으로 아이에게 '펌킨(pumpkin)'이라 불린다.

시어머니의 손녀인 그 '호박 대가리'가 자라면서 피아노 회사 어린이 모델로 뽑혔고, 미스코리아 선발대회에 내보내자는 권유도 받았다. 나는 어느새 '예쁜이 엄마'로 불렸다.

어느 해인가 온 가족이 한국을 방문했을 때 공항에 마중 나온 시어머니께서 '가장 눈에 띄는 예쁜 아이가 우리 애'라고 해서 웃었다.

초등학교 4학년 때부터 전교 회장 선거운동을 하고 다니더니 중학교, 고등학교 전교 회장을 하면서 졸업식 때는 상을 휩쓸었다. 한인 학부모들이 모두 부러워할 정도로 내 자존심을 한껏 올려준 딸아이로 성장하였다.

뛰어난 외모가 아닌데도 주변 사람들이 내 딸을 예쁘게 봐주니 감사하다. 그 애는 특유의 빛을 내는 예쁜 딸이다. 남을 위해 베풀 줄도 알고, 제 몸을 사리지 않고 봉사하며 어른을 잘 섬긴다. 남보다 더 가졌으면서 자랑하지 않고 있는 척 내색하지 않으며 이웃을 유쾌하게 만드는 재주가 있다.

결혼해서 낳은 두 아이를 현명하게 훈육하는 사랑스러운 엄마이면서 제 남편의 내조에 최선을 다하는 아내인, 호박 대가리였던 내 딸이다. '호박 넝쿨과 딸은 옮겨 놓은 데로 간다'라는 말이 있듯이 시부모님한테서 복덩어리 소리를 들으면서 사는 큰딸이 내게는 최고의 행복이다.

딸은 호박이 맞다. 영양가 많고 달달하면서 껍질에서 씨까지 어디 한 군데 버릴 곳이 없는 알짜배기다. 호박을 넝쿨째 빼앗겼지만, 억울하기보다는 오히려 자랑스럽고 흐뭇하다.

"네 별명이 호박 대가리였는데 섭섭하지 않았니?"

"어렸을 때 사진에는 정말 못생겼는데 지금 예뻐져서 괜찮아."

딸은 당당하게 대답했다. 씩씩하고 당차게 자라 자존감 높은 그런 딸이 대견하고 고맙다. 만약 '호박 대가리'라는 별명의 의미를 알고 주눅이 들거나 부끄럽게 생각해서 소심하게 컸다면 어떤 모습일까. 상상도 하기 싫다. 무심히 뱉은 어른들이 불러준 호칭에 나는 상처받았지만, 아이의 성장하는 모습을 보면서 위로가 되고 치유가 되었다.

호박이었지만 예쁘게 자라서 진가를 발휘하는 내 딸. 나는 요즘 그 애를 의지하고 산다. 남편이 떠난 뒤 그 빈 자리를 부족함이 없이 채워주는 딸.

자주 전화해 고맙고, 시간을 내서 종종 찾아와 함께 쇼핑하고 맛있는 것 먹으면서 친구가 돼주는 것도 고맙다. 내게는 늘 감동을 주는 특별한 딸이다.

오늘도 아침 일찍, 매일 같은 시간에 전화해 안부를 묻는 호박 대가리가 있어 행복하다.

반짇고리

옷방 선반에 반짇고리가 있다. 벌써 37년째 나와 함께다. 시집가는 딸의 혼수로 색색의 실과 제각기 다른 굵기의 바늘들과 가위, 골무와 굵은 무명실 등을 골고루 넣어주신 엄마의 손길이다. 지금은 모두 사라져가고 있는 것이지만, 내게는 엄마를 보는 것처럼 느껴져서 오랫동안 아끼며 간직했다. 뚜껑에는 이몽룡과 춘향이를 생각나게 하는 한복을 입은 청춘남녀의 수가 놓여 있다. 손잡이는 실을 감아서 들기에 편하게 만들어졌다.

반짇고리는 1980년 이후에 사라져가고 있는 듯하다. 살면서 바느질을 할 일이 거의 없었다. 떨어진 단추를 달거나 뜯어진 바지 밑단 정도였다. 지금은 눈이 희미해져 바늘에 실을 꿰기도 어렵다.

딸들이 반짇고리를 과연 알까. 언젠가 큰애한테 바느질할 줄 아느냐고 물어보니 전혀 모른다고 했다. 우리는 중학교 시절 가정 시간을 통해 바느질과 수놓는 법을 배웠다. 꽃이나 학을 수놓기 위해 밤을 새운 기억도 있다. 완성된 작품은 액자로 만들어져 우리 집 벽에 예쁘게 걸렸다. 아마도 우리 아이들은 이러한 기쁨을 짐작도 못 할 것이다.

90세를 바라보는 엄마는 대가족의 맏며느리로 수없이 바느질을 하셨다. 이불 홑청을 빨아 풀을 매겨 다듬이질해서 새것으로 갈아주셨다. 뽀송뽀송한 새 이불을 덮고 자던 그 기억은 잊을 수가 없었다. 그뿐인가 동생과 나에게 예쁜 원피스도 손수 만들어 입혔다. 세상에 단 한 벌뿐인 그야말로 명품이었다. 그 시절은 고급스러운 반짇고리도 없어 대충 함지박 같은 데에 나무로 된 실패에 감긴 두터운 무명실과 가위 정도로 담았다. 여인의 삶과 한이 담겨 있어 더 정이 갔는지도 모른다.

이제는 인사동 기념품 가게에 가면 고급 실크 원단으로 사각함을 만들어 고가에 파는 전통 물건 중의 하나가 되었다. 미국 친구에게 선물할까 하고 요리조리 들여다보았으나 별로 내키지 않아 사지 않았다.

사람이든 물건이든 내 마음에 각인된 자취는 하나하나가 값지다. 60년이 넘는 삶 속에서 여러 모습으로 나와 맺어진 인연들이 있다. 그것을 떠올리면 그림처럼 펼쳐지는 순간이 잔잔히 가슴에 다가온다. 어느 하나도 소홀히 취급할 수 없고 버린 다는 생각은 고통이다. 내가 평생 간직할 보물이다. 자주 열어 보는 일 없고 값나가는 건 아니지만, 엄마의 체취가 살아 있는 무엇보다 소중한 반짇고리이다.

엄마의 염원을 담아 구색 갖추어 준비해 주신 사랑의 선물 이다. 마음속에 자리 잡은 엄마를 생각하면 눈물이 고인다. 머지않아 이별을 해야 하니 아쉽기만 하다. 멀리 떨어져 산다 는 이유로 많은 추억을 만들지 못해서 죄송스럽고 안타깝다. 내가 태어나서 처음으로 사랑한 사람인 엄마, 유일한 첫사랑 이다.

오늘 유독 눈에 뜨이는 반짇고리는 마치 그리운 엄마를 보 는 것 같아 정겹다. 지금은 허전하고 쓸쓸하게 옷방에서 자리 를 지키고 있다. 수십 년이 흘렀음에도 새로 산 것처럼 곱기만 하다. 여인들의 필수품이었던 반짇고리가 이제는 추억의 물건 이 되었다. 곱게 간직하고 있다가 어느 날 딸에게 물려주려고 한다. 할머니가 딸인 나의 행복을 바라면서 주신 선물이었다 고 말해 주련다.

드라세나와의 사랑

두 달 전 집안 분위기도 바꿀 겸 화분을 주문했다. 백합목에 속한 용설란과인 '드라세나' 두 종류를 인터넷으로 사진을 보고 결정했다. 주로 잎사귀의 모양이나 빛깔의 아름다움을 보는 것만으로도 행복해질 것 같았다.

배달된 후에 보니 화분 하나는 아담하면서 세련된 분위기를 내는 게 마음에 들었다. 다른 하나는 잎사귀마다 기름 먼지가 지저분하게 묻어있고 갈색과 검은색으로 살짝 병이 들어 있었다. 마치 어느 구석에 방치되어 있었던 것처럼 보여 집안에 들여놓기가 찝찝했다. 반품할까 망설이다가 번거롭기도 해서 깨끗이 닦고 다듬어서 키우기로 마음먹었다.

그날 이후 매일 들여다보며 씻기고 닦아주며 정성 들여 돌보았다. 제법 모양을 갖추어 갔다. 햇볕을 쬐기 위해 블라인드를 활짝 열고 창가에 자리를 잡게 했다. 요즈음 기온이 내려가

실내 온도가 떨어져서 낮에 히터를 틀 때면 행여나 잎이 마를까 분무기로 물을 뿌려주면서 "목마르지? 엄마가 정성 들여 돌볼 테니 아프지 말고 쑥쑥 커라."라면서 말을 건다. 얼마나 키가 클 건지, 언제쯤 꽃을 피울지, 언제까지 생명을 유지할 건지, 궁금한 게 많다. 이 둘을 가꾸고 바라보고 있으면 걱정도 사라지는 것 같다. 관심과 애정을 듬뿍 쏟아부었다.

요즈음 유일한 대화의 상대는 '드라세나 마지나타'와 '드라세나 와넥키'다. 줄여서 '지나'와 '니키'라고 부른다. 지나는 줄기가 서로 꽈배기처럼 엮여져서 선이 가냘프고 아름다운 잎을 뿜어내 그 자태가 이국적이고 도시적이다. 니키는 줄기가 강하고 짙은 녹색 잎에 세로로 흰색 테두리가 있어서 매력적이면서 세련됐다. 드라세나 중에서도 가장 아름다워 인기가 많다. 훗날 백색의 꽃이 핀다고 해서 기대가 된다.

어느 날부터 집안에 아주 작은 까만 날파리 같은 게 날아다녔다. 부엌 쓰레기통을 살펴봤지만, 그 안은 깨끗했다. 아니면 쓰레기 수거하는 날이라 그런가 하고 무심코 넘겼다. 알고 보니 식물 주위에 날아다니는 뿌리 파리로 흙 속에 알을 낳는 것이다. 화초를 키우는 초보자라 화분 속 흙이 말랐을 때 주어야 하는데 습한데도 물을 듬뿍 주었던 게 화근이었다.

시간이 흐를수록 점점 날아다니는 수가 많아지고 신경이 쓰였다. 분명 지저분하고 기름때 묻었던 화분의 흙에서 나오는 것 같아 고민 끝에 할 수 없이 니키를 베란다에 내놨다. 실내에서 키우는 화초라 걱정이 되었다. 바람이 불면 쓰러질 것 같아 이리저리 놓았다가 다시 기둥 옆으로 옮겼다.

둘이 있다가 홀로 떨어져 나간 기분 어떨까. 밤새 추운데 혼자 버려졌다고 느낄까 봐 신경이 계속 쓰인다. 혼자 살아내야 하는 쓸쓸함과 외로움이 창밖에 그림자가 되어 나를 바라보고 있는 듯했다. 다음 날 아침에 마음이 놓이질 않아 바로 집안으로 들여놓았다.

인터넷에서 뿌리 파리 없애는 법을 알아냈다. 파리 잡는 무독성 끈끈이를 철사에 붙여서 흙 위에 꽂아두는 방법과 친환경적인 EM 원액을 뿌리면 없어진다고 했다. 가르쳐준 대로 쌀뜨물에 소금과 설탕을 비율에 맞추어 흔들어서 숙성시키는 중이다. 매일 공기를 빼주고 흔들어서 일주일에서 열흘을 기다리면 원액이 만들어진다. 청소하는 데도 좋고 진드기나 날파리를 없애는 데 좋다고 한다. 마침 집에 있던 끈끈이를 철사에 붙여서 화분 속에 꽂았다.

이틀 후 베란다에 내놨던 니키가 아니라 깨끗하고 예쁜 지나 옆에 세워둔 끈끈이에 잔뜩 붙어 있는 것을 확인했다. 잘못 생각하고 판단한 나의 실수 때문에 베란다에 내놨던 니키에게 부끄럽고 미안했다. 좀처럼 줄어들지 않는 뿌리 파리 때문에, 식물의 생존이나 환경에 해를 끼치지 않는 천연 살충제를 구입해서 쓰기로 했다.

아침에 일어나서 "하이!" 하고는 햇살이 밝은 곳에 옮겨둔다. 분무기로 물을 뿌리면 기지개를 켜는 듯 흔들리는 이파리들이 귀엽다. 둘은 까다롭지도 않으면서 키우기 편하다. 실내 공기정화 식물로서 도움을 주기도 하지만, 무엇보다 나에게 마음의 안정을 준다.

하루를 지루해하지 않고 좋은 습관으로 재미있게 만들어가며 사는 방법이다. 작은 정성으로 탈 없이 잘 자라주어 나에게 작은 행복을 가져다준다. 생명이 계속 이어진다는 것을 알게 되었고 식물을 사랑하는 마음을 갖게 되었다. 정성스럽게 키우다 보니 자식 같은 마음이 들었다.

사랑은 지극히 작은 데서부터 싹트나 보다. 하루의 시작을 반려 식물인 드라세나와 사랑을 나누며 새로운 기억을 만들어 갈 것이다.

손자의 생일선물

샌프란시스코에 사는 큰딸에게 전화가 왔다. 사흘 후면 생일을 맞는 나를 축하해 주러 오겠다고 한다. 바쁜데 굳이 올 필요가 없다는 내 말을 무시하고 주말을 이용해 미리 생일파티를 하자고 한다. 늘 가족의 생일만큼은 연중 가장 큰 행사로 지켜왔던 기억 때문일 것이다. 어린 두 아이와 종일 씨름을 하는 딸은 핑곗김에 바깥바람을 쏘이고 싶어 계획을 세운 것 같다. 고급 호텔에서 티타임도 갖고, 분위기 좋은 레스토랑에서 맛있는 저녁 식사와 함께 백화점 쇼핑을 하자고 한다.

이제 20개월에 접어든 작은 손자가 감기 기운이 있어 큰손자만 데리고 오겠다고 했다. 네 살인 큰손자는 혼자 있을 때 아주 얌전하다. 그렇지 않아도 요즈음 내 컨디션이 썩 좋은 편이 아니라 내심 두 아이를 건사하기가 조금은 염려되었다. 호기심이 많은 작은손자는 잠시도 가만히 있지 않아 내가 감당하기에 너무 버겁다. 보고 싶은 마음이야 작은애가 더 애틋하지만, 속으론 다행이다 싶었다.

　정작 공항에는 콧물을 흘리고 기침까지 하면서 두 아이와 함께 딸이 나타났다. 하나는 유모차에 타고, 하나는 백팩을 멘 채 엄마 손에 매달려 나오는 게 아닌가.

　보는 순간 반갑기보다 한심했다. 큰손자는 "하이! 하마!" 하면서 품에 안기며 뽀뽀를 해댔다. 작은녀석을 맡아주기로 했던 사위가 급한 회사 일 때문에 어쩔 수 없이 두 아이를 데려왔다는 제 엄마의 설명이다.

　딸의 말을 듣는 둥 마는 둥 걱정부터 앞섰다. 며칠 동안 치러야 할 전쟁을 각오해야 하기 때문이다. 딸만 둘 낳아 키운 내게 두 손자는 힘에 버거울 때가 많다.

　다행히 아이들은 할머니 집에 온 게 좋은지 잘 논다. 모처럼 온 할머니 집에는 장난칠 거리가 무궁무진한가 보다. 넓은 제 집에서 마음껏 뛰어놀던 아이들이 작은 내 공간에 있는 물건마다 흥미로워한다. 두 애가 감기 기운이 심한데도 재미있는 놀이에 아무런 지장이 없는 듯하다. 즐겁게 노는 아이들의 모습에 나도 행복해진다.

　두 손자는 내게 특별한 존재다. 갑자기 세상을 떠난 남편

생각에 힘든 나날을 보내고 있을 때 큰손자가 태어났다. 그때까지 느껴보지 못했던 새로운 인연으로 다가온 피붙이, 가슴 속 숨겨져 있던 불행의 상처가 또 다른 사랑으로 치유되고 있었다.

힘들 때 새롭게 찾아와 큰 힘이 되어준 손자들은 내겐 희망이다. 그렇게 슬픔도 흘러가는 시간 앞에서 점점 무뎌지고 잊혀 갔다. 이 손자들로 인하여 내게 새로운 삶이 시작되었다. 이 소중함은 내겐 축복이고 진정으로 하나님께 감사해야 할 부분이다.

문득문득 남편이 그립고, 그가 세상에 없다는 생각에 사로잡히면 내 안에 숨어있는 상처가 도진다. 그럴 때 사랑하는 손자들의 사진을 보면 어느새 진통제로 다스려지는 듯 고통이 사라지곤 한다. 외로운 나의 삶에 이 아이들로 인해 여유와 부드러운 마음을 되찾아 주니 정신적 영양제나 다름없다.

훗날 손자들이 커서 나한테 사랑받으며 함께했던 시간을 그리워했으면 좋겠다. 세상에서 가장 소중한 것은 보이는 것도, 만져지는 것도 아니고, 손자들에게 느껴지는 뿌듯함이 행복인 듯하다.

이 아이들이 이렇듯 큰 힘이 될 줄은 몰랐다. 온갖 할머니의 살림살이를 장난감 삼아 신나게 뛰어노는 두 손자를 바라보며 내 마음에 천사로 들어와 있는 듯 존재의 귀함을 다시 한번 깨닫는다. 그들 안에 흐르는 남편의 유전자를, 사랑을, 감각을 느껴보고 싶다. 외할아버지인 남편의 모습은 어땠을까. 만약 남편이 살아 있었다면 세 남자가 어떤 놀이를 하며 신나게 웃어댔을까. 오늘따라 곁에 없는 남편이 한없이 그립다.

아이들은 낮에 정신없이 뛰어놀다 잠자리에 들 때면 심해진 기침과 콧물로 제 어미를 분주하게 만든다. 낮 동안에 아이들 뒤를 따라다니며 건사했던 나는 슬슬 열이 나고 목이 부었다. 혼자서 조용히 살다가 부산한 하루를 견디지 못하고 쉽게 지치는 나의 허약한 체력이 안타깝다. 맛있는 저녁을 먹고 쇼핑하자던 계획은 아예 없던 일이 되어버렸다.

내일이면 제집으로 돌아갈 손자들은 어린이 감기약을 먹고 겨우 잠이 들었다. 두 아이의 얼굴을 보듬으며 낮은 목소리로 "사랑해!"라고 속삭였다. 자식 사랑은 영원한 짝사랑이다.

밤새 힘들어했던 아이들은 낮이 되니 거짓말처럼 말짱해진다. 네 살배기 큰손자는 할머니 집에 하루 더 있겠다며 떼를 쓰고 작은손자는 눈웃음과 함께 "빠이!"하며 손을 흔들었다. 아쉬운 작별의 시간을 보내고 돌아올 때 멀리 하늘로 날아오른 비행기가 점점 내 눈에서 멀어져갔다.

손자들 사랑의 뿌듯함과 떠나보낸 서운함이 함께 몰려온다.

온 집안에 어질러진 장난감들을 보니 가슴이 미어지도록 방금 헤어진 그들이 그립다.

밀려오는 피로감 때문인지 몸이 무겁다. 기침도 간간이 나오고 목도 많이 부어올라 침 삼키기가 어렵다. 코도 막혀 불편하고 머리가 아주 무겁다. 완전한 감기 증상이다.

손자들이 주고 간 선물, 지금까지 받아 본 어느 것보다 오랫동안 기억할 수 있는 생일선물이다. 몸은 아픈데 가슴은 따뜻하다. 그들이 내게 준 기쁨만으로 몸살감기를 이겨낼 수 있을 것 같다.

귀중품

한인타운에 있는 대중목욕탕에 갈 때가 있다. 입구에 써 붙인 글 중에 '귀중품은 프런트에 맡기십시오. 분실 시 책임 못 집니다.'

나는 그 글을 읽을 때마다 궁금하다. 어떤 귀중품이길래 목욕탕까지 가지고 올까? 목욕탕주인한테서 들은 이야기다. 간혹 락커 박스에 둔 물건이 없어졌다며 경찰을 부르고, 주인을 고소한다면서 난리를 치는 손님이 있다고 한다. 얼마나 귀중해서 프런트 캐쉬어에게 맡기지 못해 갖고 들어가는 걸까.

언젠가 본 동영상 중에 감동하여 마음속에 남아 있는 게 떠올랐다. 어느 초등학교 2학년 아이들에게 부모님께서 가장 소중하게 생각하는 물건을 그려오라는 숙제를 내주었다. 선생님의 말씀에 반 아이들은 제각기 그려왔다. 한 아이는 아빠가 가끔 불며 즐거워하는 나팔을 그렸는데 노란 금으로 도금이

된 비싼 악기라고 했다. 어떤 아이는 할아버지가 손도 못 대게 하는 아주 비싼 도자기를 집안의 가보라며 그려왔다. 한 아이는 도화지에 쭈글쭈글한 베개를 그려왔는데 반 아이들이 놀리며 웃어댔다. 아이는 비웃음에 아랑곳하지 않고 "아빠의 가장 소중한 물건이 돌아가신 엄마의 베개다."라고 훌쩍거리며 발표했다. 너무너무 보고 싶은 엄마라고 말하자 교실 안은 눈물바다가 되었다. 물질 만능시대에 태어난 아이들은 귀한 것을 모른다. 어렸을 때부터 눈에 보이는 비싼 물건이 귀중품이 결코 아니라는 것을 가르쳐야 한다.

오래전 알고 지내던 지인은, 이민 올 때 돈 한 푼 없이 옷을 재단할 때 쓰는 가위와 자를 가져왔다. 손에 길든 연장으로 열심히 일한 덕에 큰돈을 벌었다. 그분은 효자 노릇을 한 '가위와 자'야말로 자신의 귀중품이라고 자랑스럽게 말했다. 남에게 하찮은 연장에 불과하지만, 이것이 자신의 능력을 발휘하게 도와주고 부를 가져다주었기에 그분의 귀중품이 되었다.

사람마다 자신에게 가장 중요하다 느끼는 게 다를 것이다. 자기한테 꼭 필요하다고 생각되면 귀중품이 되는 것이다.

살아있을 때는 많이 가질수록 더 갖고 싶은 욕심이 난다. 사람마다 각기 삶의 조건이 다르듯이 자신한테 가장 소중하고 귀한 것이 다르다. 하지만 죽을 때를 생각해본다면 무엇이 중요한지 깨닫게 될 것이다. 세상 물건 중에서 가져갈 것이 과연 있는지. 살아가는 데는 제각기 목적이 있다.

누군가는 열심히 돈을 벌어야 하고, 누군가는 정치에 뜻을 두어 목숨을 걸다시피 하고, 또 누군가는 코로나−19로 죽음을 피부로 느끼면서도 인터넷 쇼핑중독자가 된다. 나한테 중요한 게 무언지 모르고 세상에 존재하는 것들에 미련을 두고 열심히 쫓아다니던 모습을 보았다. 무엇이 나에게 꼭 필요한가는 삶의 가치를 어디에 두느냐에 따라서 달라진다. 내 삶은 나 자신만이 찾아야 한다.

지금 가진 것이 너무 많다. 나눌 것은 나누고, 버릴 것은 과감하게 버려야 한다. 얼마 전 이사를 오기 전에 다짐했건만, 또 하나둘 쌓이기 시작한 물건들. 꼭 필요하다고 느껴서 샀지만, 시간이 지나면 꼭 필요한 게 아니었다는 것을 깨닫는다. 그때 알았더라면 하곤 후회를 한다.

때로는 필요 없이 사들일 때도 있다. 사두었다가 가치 없이 쓰레기로 전락하는 물건이 많다. 사치품은 귀중품이 될 수 없다. 있어도 그만 없어도 되는 것들이 그렇다. 물질적인 것은 이웃과 나누면서 살고 마음속에 물질을 채우면서 기쁨을 함께하려 한다. 이 세상에 내 것은 아무것도 없다. 어차피 떠날 때는 빈손으로 가야 하기 때문이다. 우리에게 잠시 맡겨졌던 물질은 그저 빌렸을 뿐이다. 나 자신이 바뀌면 주위를 바라보는 시각이 다르게 보일 것이고 나의 미래가 바뀌리라.

코로나-19로 인해 많은 것을 깨닫고 반성한다. 내 삶은 한 번뿐이니 가슴이 시키는 일만 하자. 나의 인생이 즐겁고 행복할 수 있게 마음 안에 귀중품이 쌓여가도록 만들어보자.

세상이 멈추었다

벌써 집안에 갇혀 산 지 한 달이 넘어간다. 처음 뉴스로 코로나바이러스에 관하여 들은 것은 석 달쯤 되었다. 그저 중국 우한에서만 일어난 일이겠지 하고 쉽게 넘어갔다.

얼마 안 되어 한국에서도 코로나바이러스 감염자가 있다는 뉴스가 나왔다. 그래도 설마 이 먼 곳까지 오겠나 싶어 계획했던 하와이로 여행을 갔다.

하와이는 예상대로 평온했다. 거리에는 행복해 보이는 신혼부부와 관광을 즐기는 사람들로 붐볐다. 얼마 전 이곳을 다녀간 일본인 부부가 감염됐다는 뉴스가 나오긴 했지만, 무시하고 일행과 함께 난생처음으로 스노클링도 하고 음식 탐방도 다녔다.

하루는 아침 일찍 산책하러 나갔는데 흑인 남자가 큰소리로 "일본인은 꺼져라. 꼴 보기 싫다." 하며 고래고래 소리 지르며 욕을 해댔다. 정신 나간 인간인가 보다 하며 대수롭지 않게 여겼다. 그런데 계속 우릴 따라오며 욕설을 퍼부었다. 지나가는 사람들이 쳐다보고 수군대니 이유 없이 창피했다. 분명히 일본인이라고 했으니 우리가 아니라는 말로 부정을 하면서도 일행은 손을 잡고 빠른 걸음으로 걸었다. 소리치는 그보다 조용히 흑인 남자의 말에 동조한다는 듯 바라보던 주위 사람들 침묵의 눈길이 더 두려웠다. 경찰을 부를까 말까 하고 망설이다 일을 크게 벌이지 말고 참자며 숙소로 돌아왔다. 억울하고 분한 기분이 쉽게 가라앉지 않았다.

그 일이 있고 난 뒤 일행은 사람들이 많은 식당을 피하고 쇼핑도 포기하며 일정을 앞당겨 서둘러 집으로 돌아왔다. 우리뿐만이 아니다.

아시안을 통째로 싸잡아서 코로나바이러스라고 부르기 시작했다. 이곳저곳에서 몰매를 맞고, 자기네 나라에서 떠나라고 하지 않나, 세상이 어수선했다. 마스크를 썼다고 의심하고, 안 썼다며 때리고 괴롭히더니 지금은 세계에서 최고 많은 확진자와 사망률을 보인다. 마치 1위를 차지하고 싶어 하는 듯 경쟁을 하며 확진자가 날로 늘어나는 유럽 국가와 미국이, 이제는 한국이 세계적으로 존경하는 나라가 되었다. 중국 다음으로 심각했던 한국 정부의 빠르고 놀라운 대처에 부러워하며 먼저 손을 내민다. 보이지 않는 바이러스와 인간의 싸움이 인류 재앙인가 할 정도로 무섭게 변해가고 있다. 인간은 더는 동떨어진 섬이 아니라는 글을 본 적이 있다. 코로나바이러스는 분명 우리에게 무언가를 깨닫게 한다.

코로나바이러스는 사람을 평등하게 만든다. 있는 자나 없는 자, 배운 자와 못 배운 자, 젊은이와 노인, 그 모든 사람에게 상관없이 다가간다. 각 나라를 분열시키듯이 서로 자기 나라에 못 들어오게 막더니 이제는 모든 나라가 한국에 손을 뻗는다. 메디컬 키트가 필요해서다. 서로 돕는 돈독한 관계가 되어가고 있다. 그리고는 가족과 가정생활이 얼마나 중요한지 가르치고 있다. 집에서 자가격리를 시키면서 자신을 돌아볼 수 있는 시간을 주고 있다.

슈퍼마켓에서 화장지 등 물건 사재기로 자기네만 살려고 하는 사람이 많다. 이제 마스크는 필수품이다. 어렵게 마스크를 인터넷으로 주문했다. 작은딸에게 한 사람당 하나씩만 가능하니 빨리 주문하라고 했더니 벌컥 화를 냈다.

"엄마는 병원 응급실에서 의사들이 사용할 마스크가 없다는데 왜 우리가 먼저 사야 하는데." 한 대 맞은 기분이다. 사실 지인의 조카가 비뇨기과 의사인데 뉴욕의 한 병원 응급실에 호출이 되었지만, 마스크가 없어서 걱정이라는 이야기를 들었다. 미국에 이렇게 의료장비와 부속품들이 충분히 준비가 안

되어있는지 몰랐다.

자가격리 생활로 혼자된 노인들은 심리적 공황에 빠져서 마음의 병을 더 키워갈 수 있다. 시간이 길어지면 길어질수록 심각하다. 당장 일을 하지 않으면 집 페이먼트도 못 낼 것이고, 자동차, 보험료, 크레디드카드 값 등 힘들어지는 사람이 많다. 병원에서 고군분투하는 의료진들도 가슴 아프다. 가족 중의 한 사람이 아파도 괴로운데 사망해도 찾아보지 못하는 게 가장 안타깝다.

코로나바이러스는 인생이 짧다는 것과 우리가 해야 할 더 중요한 일이 무엇인지를 가르치고 있다. 서로 도와야 하며 나누는 것을 알려준다. 삶의 목적이 무엇인지도 깨닫게 한다. 우리가 살아가려면 백화점의 명품백도, 고급 옷도, 세련된 구두가 아니라 슈퍼마켓의 화장지였다는 것을 알게 해주었다. 물질 위주로 살았던 인간들이 얼마나 병들어 있었는지를 다시 한번 알게 되었을 것이다.

그동안 잊고 살아온 중요한 것을 일깨워주었다. 근심 걱정은 유통기간이 있다고 들었다. 세상을 멈추게 한 바이러스의 노예가 되어서는 안 된다.

이 모든 시간은 곧 지나간다. 자기를 돌아보며 자신을 위로하고 격려하면서, 감사하는 마음으로 살아가야 한다.

나도 시어머니 한번 되고 싶다

집안일은 끝이 없다. 딸애가 조산하는 바람에 계획에도 없이 갑자기 불려와서 오늘도 쉴 새 없이 일을 한다.

약속된 산후조리사는 한 달 후에나 오게 돼 있어서 어린 두 손자와 갓난아기 그리고 딸의 몸조리를 도우려 딸네 집에 온 것이다.

친정엄마가 그랬듯 딸만 있는 나는 언제나 음식을 만들고 집안일도 돕는다. 이번에도 사위 음식, 손자의 각각 다른 입맛에 맞는 국, 입원해 있는 딸의 미역국에 반찬을 해대느라 허리가 휜다. 혼자서 간단하게 해 먹던 나는 온종일 서서 종종걸음을 친다.

내가 큰애를 낳고 산후조리를 제대로 못 했기 때문에 지금도 가끔 뼛속이 쑤시는 고통을 겪는다. 그 아픔을 알기에 최선을 다해 뒷바라지한다. 사흘 밤을 고생하며 겨우 수술로 낳은 셋째 손주, 이 애를 또 어떻게 키울 것인가 생각하면서 내가 있을 때 하나라도 더 해줘야 한다는 의무감이 앞선다.

오늘, 딸의 시어머니가 셋째를 출산한 며느리를 기쁘게 해주려 장미꽃을 한 아름 사 왔다. 대여섯 다즌은 되어 보였다. 식탁 위에 올려놓으니 일을 하나 더 보탠 셈이다. 꽃시장에서 바로 사 와서 다듬어지지 않은 장미 가시에 엄지손가락을 찔려 핏방울이 맺혔다. 꽃말은 행복한 사랑이라지만, 꽃꽂이하는 내내 가시와의 싸움에서 저절로 눈살이 찌푸려졌다.

눈치 빠른 사돈이 열심히 가시를 떼어주긴 했지만 별로 고마운 생각이 들지 않았다. 불편한 마음을 담지 말고 생각을 바꾸면 편안해질 텐데 쉽지가 않다. 보이지 않는 것에 의미를 두지 않으려고 한다.

사돈과 나는 같은 여자인데 왜 처지가 다를까. 첫 손자를 낳았을 때도, 둘째를 낳았을 때도, 이번 셋째도 역시나 부엌에는 내가 서 있다.

오래전 나의 시어머니 모습이 떠올랐다. 시어머니는 모처럼 아들 집에 오시면 언제나 손거울을 보면서 분첩이나 두드리고 계셨다. 나의 친정엄마는 오실 때마다 아이를 보거나 집안일을 하며 내 뒷바라지에 바쁘셨다. 사위 생일에 오셔서 김치부터 전, 잡채 등 갖가지 음식을 만들어서 차려주면, 시댁 식구들은 맛있게 먹고 음식까지 싸갔다.

나도 딸 집에 가면 사위 입맛에 맞는 음식을 만들게 된다. 여자의 삶은 시키지 않아도 저절로 대물림되는가 보다. 당연히 받아들였던 일이 오늘은 왜 억울하다는 생각이 드는지.

얼마 전 옆집 스테파니 엄마도 한국에서 딸 보러 와서는 그날부터 집안일에, 육아에 시달리며 차 마실 시간도 없다며 푸념을 했다. 맞벌이 부부인 딸이 안타까워 일 년에 두어 번씩 다녀가는데 이번에는 몸이 아픈 데가 많아 힘들다고 한다. 요즈음 한국선 유행어가 친정엄마는 딸의 부엌에 서서 일하다 죽는다고 해서 동갑내기인 그녀와 소리 내어 웃었다. 똑같이 자식을 나눠 결혼시켰는데 왜 친정엄마만 유독 일을 해야 하는지 모르겠다.

내가 부엌에서 동분서주하며 음식을 만들 때, 딸의 시어머니는 넓은 잔디 위에서 '나이스 샷'을 외치며 공을 치고 있을 것이다. 문득 '나도 시어머니 한번 되고 싶다.'라는 생각이 들었다. 딸만 둘인 나는 당연히 해야 할 일을 하는 거지만, 가끔은 시어머니의 권위가 부럽기도 하다.

사람들의 삶이 하루가 다르게 첨단을 향해 달려가는데 우리의 관습은 변하지 않는 건가. 친정엄마의 탈출구는 영원히 없는 것인지 새로운 시대의 변화를 바라본다.

내가 느꼈던 서글픔을 딸에게는 남기고 싶지 않다. 짜증과 불만이 가득할 때 힘을 실어주는 손자들 때문에 다 품으면서 받아들이게 된다. 딸애는 세 아들의 엄마니까 당당한 시어머니가 될 수 있을 테니 '다행이다' 위안 삼으며 딸이 먹을 미역국을 끓인다.

　친정엄마는 속에다 참으로 많은 것을 담고 산다. 딸의 엄마는 그렇다.

3

값비싼 칼국수

활짝 웃으며 우리 부부를 맞이한 그의 얼굴은
야위고 주름이 많아졌다.
그동안 고생하고 살아온 세월을 느낄 수 있었다.
그는 나뿐만이 아니라 여러 사람의 돈을 빌렸다고 했다.
그중 형편이 어려운 사람의 순서대로 갚았다고 했다.
첫 번째는 교회의 연세가 많으신 권사님,
두 번째는 목사님 사모님, 세 번째로 내 돈을 갚은 것이다.
그동안 실망시킨 것에 대한 사과와
기다려 준 감사의 인사로 식사를 대접한다는 말에
남편은 그의 두 손을 덥석 움켜잡았다.

－본문 중에서

값비싼 칼국수

하늘에 먹구름이 잔뜩 끼었다. 비가 오려는 걸까. 이런 날은 김이 모락모락 올라오는 따끈한 칼국수가 생각난다. 시간이 흐르면 지나온 기억이 하나하나 사라지는데 칼국수에 얽힌 S와의 기억은 아직도 선명하다.

S는 우리 부부에게 아픈 추억이다. 벌써 20여 년의 세월이 흘렀나 보다. 당시 한국에서 해외 브랜드 옷이 잘 팔렸다. 나는 엘에이와 뉴욕에 쇼룸을 두고 아동복 사업을 하고 있었다. 우연히 인연이 닿아 서울 모 백화점에 아동복을 수출하던 어느 날 그 백화점 본부장과 구매과 직원이 회사로 나를 찾아왔다. 우리 사무실 일부를 사용하게 해달라고 하면서, 의류 수입에 더하여 다른 상품도 수입하려 한다고 했다.

그때부터 S는 나와 함께 일을 하게 되었다. 그는 맡은 일을 소신껏 하며, 나름대로 비즈니스 경험도 많고 부지런한 사람이었다. 몇 달 후, 좋은 물건이 있어 꼭 사야 하는데 자금이 부족하다며 급하게 돈을 빌려달라고 했다.

적은 액수가 아니어서 망설였다. 그의 딱한 사정을 외면할 수가 없었다기보다 나는 그를 믿고 싶었다. S는 돈을 빌려 간 후, 연락이 되지 않았다. 그때부터 속앓이가 시작되었고 잠도 제대로 못 잤다. 잃은 돈보다 믿었던 사람에게 배신당했다는 것과 사람을 보는 나의 안목에 대한 실망이 더 컸다.

엎친 데 덮친 격으로 한국에서 IMF가 터졌다. 백화점에서는 달러가 오르면서 더 이상 수입을 할 수 없다는 연락을 해왔다. 그동안 벌여놓은 일에 대한 손해가 이만저만이 아니었다.

내 인생에 고비가 닥쳤다. 식욕이 없어지고 몸은 말라갔다. 자기 일을 하느라 나의 사업에 무관심하던 남편이 어느 날 그에게 돈을 받으러 가자며 앞장섰다. 그의 집을 수소문 끝에 찾아내어 새벽 두 시에 습격했다. 무심한 가을바람이 싸늘하게 가슴속을 휘저으며 지나갔다. 이게 무슨 짓인가, 돈 받겠다고 남편까지 동원한 나 자신에게 부끄럽고 한심했다.

그는 집에 있었다. 식구들이 깰까 봐 조용히 나와서 인근에 있는 그의 창고로 우리를 데리고 갔다. 너무 죄송해서 연락을 못 했다며 고개를 힘없이 아래로 떨어뜨렸다. 그도 속은 것이다. 물건을 만져보지도 못하고 사기를 당하여 돈만 날리고 브

로커를 찾으러 다니느라 정신이 없었다고 했다. 수척해진 얼굴이 그동안의 고통을 말해 주었다. 딱한 그의 사정에 우리 부부는 아무 말도 못하고 돌아왔다. 남편이 깨끗이 잊으라고 나를 다독였다. 비록 돈을 돌려받을 수는 없었지만, 그의 좋은 점을 기억하면서 그가 잘되기를 바랐다.

몇 달 후 나의 통장에 낯선 돈 $2,000이 입금되었다. 그가 떠올랐다. 그 후로 매달 $1,000과 $1,500 등 금액은 달랐지만 몇 년 동안 꾸준히 돈이 들어오더니, 어느 날부터 더 입금은 없었다. 원금을 모두 채운 모양이다. 그에게 수고했다는 인사를 하려고 전화해도 받지 않았다. 돈을 되돌려 받은 것보다는 그에 대한 나의 믿음이 헛되지 않았다는 사실이 더 기뻤다. 살아오면서 사람에게 실망을 많이 했지만, 내가 그를 좋은 사람으로 인정하여 의심 없이 돈을 빌려줄 때를 다시 생각해본다.

아직도 주변에는 염치를 잃고 사는 사람들이 종종 있다. 자기가 실수한 일을 해결하려고 노력한 그가 한없이 고맙다. 우리는 살면서 가끔은 우울하기도 하지만 통쾌한 날도 있지 않던가. 그를 보면서 사람 사는 일이 그렇게 각박하지만은 않은 것 같다. 우리가 살아가는 세상은 함께하는 이런 사람들 때문에 풍요로워지는 것 같다. 기쁨과 고통, 삶의 일부분이라 여기며 살아갈 때 행복해질 수 있지 않을까.

오랫동안 소식이 끊겼던 그에게서 연락이 왔다. 한인타운에 있는 칼국수 집에서 우리 부부에게 점심을 대접하겠다고 한다. 포기했던 돈을 받은 것보다 다달이 액수와 상관없이 월급날처럼 설레며 기다리게 해준 것이 더 좋았다. 오히려 우리가 감사의 인사를 하고 싶었다.

활짝 웃으며 우리 부부를 맞이한 그의 얼굴은 야위고 주름이 많아졌다. 그동안 고생하고 살아온 세월을 느낄 수 있었다. 그는 나뿐만이 아니라 여러 사람의 돈을 빌렸다고 했다. 그중 형편이 어려운 사람의 순서대로 갚았다고 했다. 첫 번째는 교회의 연세가 많으신 권사님, 두 번째는 목사님 사모님, 세 번째로 내 돈을 갚은 것이다. 그동안 실망시킨 것에 대한 사과와 기다려 준 감사의 인사로 식사를 대접한다는 말에 남편은 그의 두 손을 덥석 움켜잡았다. 나도 모르게 눈물이 핑 돌았다. 그와 떳떳하게 얼굴을 마주하며 칼국수를 먹을 수 있어서 좋았다. 칼국수 한 그릇이 값으로 따지면 얼마 되지 않지만, 감동이 함께해서일까. 그날 우리 셋은 그 어떤 값비싼 요리보다 더 값진 칼국수를 먹은 것 같은 기분이 들었다.

몇 년 뒤, 우연히 공항에서 그를 만났다. 한결 단정해진 차림으로 사업차 중국에 간다고 웃으면서 말했다. 만약 돈을 갚지 못했다면 나를 피하고 숨었겠지 생각하니 그가 무척 당당해 보였다. 돌아서는 그의 뒷모습을 보며 '잘 될 거야, 잘 되어야지.' 혼잣말로 중얼거리며 멀어져가는 그를 다정한 눈빛으로 바라보았다.

배추 한 포기

오랜만에 슈퍼마켓에 갔다. 야채칸에는 밭에서 갓 뽑아온 듯한 싱싱한 채소로 가득했다. 그중 배추 더미가 유난히 눈에 띈다. 크고 속이 꽉 차서 한 손으로 들기 힘들 것 같은 배추가 수북이 쌓여있다.

실하고 커다란 것으로 한 포기를 샀다. 겉잎은 한겹 한겹 벗겨내어 삶아서 우거지로 쓰면 된다. 중간 잎은 겉절이로 만들고, 몇 장은 물김치로 담가서 익힌 후에 김치말이 국수로 먹으면 좋겠다. 속잎은 삼겹살에 쌈장을 곁들여 쌈으로 먹을 것을 생각하니 입안에 군침이 돈다. 서둘러 집에 돌아와 배추를 씻으며 문득 배추만도 못한 인생을 사는 어리석은 사람이 떠올랐다.

지난해에는 보이지 않는 것들이 마음에 담겨 있어 시간 낭비와 에너지를 소모했다. 현명한 것은 인정하고 받아들이면 되는 것을, 구태여 자신을 감추려 애쓰며 사는 사람이 있어서다. 살아가는데 정답이 있는 것은 아니지만, 적어도 남들처럼 평범하게 살면 얼마나 좋을까.

한 사람의 잘못된 판단에 끌려다닌 답답한 해였다. 사람들에게 자신을 드러내야 직성이 풀리는 이도 있다. 생김새가 다르고 성격이 다른데 타인을 내 기준에 꿰맞추려 들면 안 된다. 남의 허물은 말하고 다니면서 정작 본인의 과실은 묻어버리는 사람은 어떤 마음을 품었을까. 자기 잘못은 감추고 상대의 실수를 들어내는 일은 어리석은 짓이다. 흐르는 물에 배추를 씻듯이 얼룩진 마음도 함께 씻어냈으면 좋겠다.

찹쌀풀을 쑤고 파를 다듬어 적당히 썬 마늘과 생강, 사과와 배를 함께 믹서에 갈았다. 고춧가루와 매실엑기스, 멸치액젓과 양념을 잘 섞어주어야 제맛을 낸다. 양념마다 제각기 특유의 맛을 내기 때문에 모두가 잘 어울려 줘야 깊은 맛을 낸다. 이렇게 정성 들여 만든 김치는 우리 입맛에 즐거움을 준다. 주변 사람들과 함께 어우러져 김치의 양념처럼 제 몫을 하면서 살면 얼마나 좋을까. 한때는 서로 어울리며 간까지 빼줄 듯 가까이하던 사람이 뒤에서 내 험담을 한 것을 알았을 때의 상실감은 음식이 목으로 넘어가지 않을 정도였다. 열 길 물속은 알아도 한 길 사람의 속은 모른다고 하지 않았는가. 살면서 가까이하던 사람을 잃는다는 것만큼 힘든 일은 없다.

우리 주변에는 늘 사건 사고가 일어난다. 때로는 사소한 이유로 삶을 엉망으로 만드는 이, 또 큰 사건으로 키우는 사람도 있다. 시간이 지나고 돌이켜 보면 별것 아닌데 말이다. 때론 무심코 내뱉은 말이 부메랑이 되어 본인에게 돌아오기도 한다. 남의 아픔을 함께하지 못해도 이리저리 퍼트리고 다니지 말았으면 한다. 누구를 대상으로 삼고 괴롭히면 그 사람을 둘러싼 세상의 편견은 결코 용서받지 못한다.

자신이 하고 싶은 말이나 행동을 잘 참고 견디면 주위로부터 좋은 평판을 받는다. 시간은 곧 사라진다. 훗날 자신을 되돌아보았을 때 이 순간이 소중했다는 것을 깨닫는다. 두려움과 함께 산다면 그것은 지옥일 게다. 두려움과 고통 없이 살아야 최상의 삶을 살아갈 것이다. 모든 불행의 원인은 인간관계가 원활치 못한 데서 비롯된다고 했다. 남의 단점을 포용할 줄 아는 이가 여유 있고 행복한 삶을 살아간다. 많이 가졌다고 잘난 것이 아닌데 몸도 마음도 지나가면 별거 아니었던 것을 인정하면 안 될까. 세상을 보는 올바른 시각과 풍요로운 지혜를 품으며 겸손해질 수 있도록 노력했으면 한다.

버무린 김치를 통에 담으며 한 가닥 입에 넣는다. 싱겁거나 짜지도 않고 적당히 매콤하면서 단맛의 여운을 느낄 수 있는 담백한 맛이다.

그래, 바로 이 맛이야! 적당히 어우러진 양념과 싱싱한 배추가 입안에서 아삭거린다. 갓 지은 쌀밥에 얹어 먹으면 그동안 잃은 입맛이 돌아오려나.

오늘 김치를 담그며 배추 한 포기는 나에게 많은 생각 속으로 빠져들게 했다. 다양하게 만든 김치는 나의 밥상을 행복하게 할 것이다. 배추 한 포기도 제 역량을 다하는데 이런저런 인연으로 얽힌 사람 간의 관계도, 서로를 불편하게 하기보다 배려하며 진실한 마음으로 대한다면 얼마나 좋을까.

배추만도 못한 인간이 되지 않았으면 한다. 시간은 빛의 속도로 쏜살같이 흘러가고 있다. 머지않아 곧 사라질 우리의 삶. 후회 없는 삶을 살았으면 하고 바랄 뿐이다.

슬픔과 기쁨이 함께한 결혼식

친구 아들 결혼식이 있었다. 아들 결혼식에 참석하러 서울에서 온 친구 내외는 처음 경험해보는 미국식이라 낯설어했다. 그녀의 안사돈은 상견례를 앞두고 갑자기 돌아가셔서 아들은 장례식 사진으로 처음 장모의 얼굴을 보았다고 한다. 결혼식은 조촐하게 치르자고 의논이 됐다.

일생에 가장 행복해야 할 시간에 엄마가 없으니 아마도 가슴이 시리도록 그립고 보고 싶었을 신부를 생각하니 안쓰러웠다. 신부 혼자서 아픔을 딛고 외롭게 준비했을 게 그려진다.

신랑 측 하객은 일곱 명뿐이었다. 신부 측도 아주 가까운 친지들로 하객이 얼마 안 되었다. 시애틀 친구와 내가 있어서 빛이 났다며 친구는 고마워했다. 친구 내외는 오랫동안 교직 생활을 하다 정년퇴직했다. 똑똑한 아들 뒷바라지를 한 결과 박사학위를 따자 IT회사에 높은 연봉으로 취직되었다. 더군다

나 전공이 나노라고 한다. 이 시대에 인텔 기술과 프로그램을 통해 인공지능의 잠재력을 활용할 수 있는 방법을 이제는 나노 공법으로 첨단을 가지 않나 하는 생각이 든다. 눈앞에 다가온 혁신적인 기술로 성공할 수 있는 전공이라 생각한다. 잘 키워서 성공의 길로 가게 했으니 친구도 장해 보였다. 어느 집 아들, 딸이 성공했다는 뉴스를 접할 때 반드시 그들의 뒤에는 부모의 희생이 있었기 때문이다.

식이 시작되자 신랑 입장 후에 신부가 아빠와 함께 나왔다. 자그마한 신부의 드레스가 길어서 자꾸 밟히니 아빠가 옆 자락을 잡아주는 게 짠하게 느껴졌다. 엄마를 잃은 지 얼마 안 되어서 그런지 신부는 웃음이 없다. 식을 간단히 마치고 음료수와 와인을 마시며 하객들은 이야기를 나누며 즐거워했다. 이미 사돈끼리는 편하게 왕래하며 재미있게 지내는 사이다. 신부 아빠는 우리한테도 부담 없이 말을 건네왔고, 친구 남편도 농담을 섞어가며 재미있게 옛날이야기로 우린 시간 가는 줄 몰랐다.

드디어 하이라이트인 리셉션이 시작되었다. 젊고 잘생긴 사회자가 영어로 말한 뒤 한국말로 했다. 식사 전 게임이 있다고 한다. 흰 봉투를 여러 장 손에 들고 시작했다. 첫 번째 자기가 가장 먼 곳에서 온 사람이 있으면 손을 들라고 했다. 제각기 멀리서 왔다고 외치는데 난 친구를 쿡쿡 찌르며 시애틀에서 왔으니 손을 들라고 했다. 그때 바로 옆에 앉은 젊은 여성이 사우디아라비아에서 왔다고 했다. 그녀가 잡은 봉투 속에는 단돈 $5달러였다. 모두 허탈하게 웃었다.

두 번째 게임은 결혼한 지 가장 오래된 커플을 찾았다. 여기저기서 10년, 20년, 30년, 손을 드는데 50년 하는 커플이 있었다. 당연히 그들이 당첨됐다. 남자가 잡은 흰 봉투에는 $50달러가 들어 있고, 그의 아내 봉투에는 $1달러였다. 우리 모두 손뼉을 치는데 아내가 마이크를 잡더니 올해가 결혼한 지 51년 되었는데 $51달러를 받아서 기분 좋다고 했다. 남들은 50년이 넘도록 행복하게 사는데 신부 엄마도, 내 남편도 뭐가 그리 급해 먼저 떠났을까. 우리는 죽음의 이별을 피할 수 없다.

울다가 웃다가 시간이 가면서 식사가 시작되고 가족 소개를 했다. 음악이 나오면서 사회자가 신부와 신랑의 댄스 타임이라 했다. 둘은 어색한 표정을 짓더니 천천히 스텝을 밟고 적당한 타임에 신부를 한 번씩 돌려주어 하객들을 웃게 했다.

즐거운 시간에 나는 줄곧 마음이 아팠다. 딸을 가진 엄마로 유난히 작은 몸집에 애써 웃으려 하는 신부의 얼굴이 슬퍼 보였다. 아빠와 함께 춤을 출 때도 둘은 웃음이 없이 가장 행복해야 할 날에 행복해 보이지 않았다. 신랑도 엄마의 손을 잡고 춤을 추려 할 때 눈물을 흘리며 엄마를 꼭 안다. 친구도 참 았던 감정이 밖으로 밀려 나오는지 흐느꼈다. 아들은 감사한 마음에서, 친구는 성공한 아들이 대견해서 일 것이다.

그렇게 시간이 가며 식사도 끝나니 또 게임이 시작되었다. 상품은 각 테이블 가운데에 놓인 예쁜 꽃바구니였다. 냅킨으로 수건돌리기를 사회자 지시에 따라 오른쪽으로, 왼쪽으로 정신없이 돌리다가 멈추라고 하면 손에 든 사람이 그 꽃을 가져가는 것이다. 운 좋게 내 손에 왔을 때 멈추니 행운이 따른 것 같다. 은은한 꽃향기를 맡으며 운전대를 잡고 50마일을 달려 집으로 왔다.

결혼은 인생에서 가장 축복받는 인륜지대사인데 오늘의 결혼식은 슬픔과 기쁨이 함께했기에 마음 한구석이 찡하게 남아 있다. 앞으로 두 사람이 잘살기를 간절한 마음으로 바랐다.

휠체어에 앉은 그녀

    선교기금 마련을 위한 '휠체어 사랑 이야기' 타이틀로 콘서트가 있었다. 지난달 샬롬 장애인 선교회 박모세 목사님 독창회에 내가 소속해 있는 여성 합창단이 찬조 출연을 했다. 잘나가던 목사님과 사모님이 30여 년 전 불의에 교통사고로 두 딸을 잃고 사모님은 중증 장애인이 되었다. 그 비극으로 시작되어 오늘날 장애인 선교사역을 하시게 된 박 목사님의 바리톤 독창은 감사하고 감격스러웠다.

    우리 합창단에 이어 남가주 농아 교회 수화 찬양팀의 수화 찬양은 눈빛과 표정이 마음속 깊은 믿음으로부터 우리는 확실하게 소통했다. 수화 찬양은 온몸으로 부르짖어 간구하는 기도가 함께 표현되어 서로 교감할 수 있었다. 꿈을 갖고 노래하는 모습 또한 우리를 감동하게 했다.

    특별 출연하는 장애인 찬양팀은 앞 두 줄은 휠체어에 의존하는 사람들이라 무대에 나와 줄 맞추는 시간도 꽤 오래 걸렸다. 그들은 다운증후군으로 우리와 모습은 조금 다르지만, 그들이 뿜어대는 소리에 숨죽여 지켜보았다. 더욱 놀라운 것은 더없이 순수하고 진실해 보이는 것이다. 가슴과 가슴으로 노래하는 멋진 그들의 진지하고 호소력 깊은 찬양은 세상에서 가장 아름다웠다.

하나님이 주신 그 모습 그대로 최고의 아름다움을 표현하고 있었다. 나이는 정확하게 모르지만, 모두가 어린아이와 같은 순수한 미소가 너무 행복해 보였다. 하나님이 장애인을 세상에 내보낼 때 착한 부모 곁으로 보낸다고 한다. 그들의 부모가 새삼 대단하다고 느껴졌다. 유독 셋째 줄에 서 있던 사십 대 중반쯤 되어 보이는 환하게 웃던 어린아이 같은 그녀가 떠오른다. 천사의 얼굴이 저럴까.

그동안 하나님이 주신 얼굴에 만족하지 못하고 살았다. 친구나 지인을 만나면 대화의 끝은 보톡스가 어떻고 하며 성형 이야기로 흘러갈 때가 있다. 가끔 거울 앞에서 얼굴을 들여다보면서 어느 부분에 손을 좀 보면 어떨까 생각한 적이 있다. 외모에 관심 가는 게 여자로서 당연하다고 생각했다. 오늘 천사 같은 그녀가 잘못된 내 생각을 부끄럽게 만들었다.

아픈 사람들, 그들은 위로가 필요한 사람들이다. 사회성이 조금 떨어질 뿐 보편적 감성을 갖고 있다고 한다. 그들에게 편견이나 선입견을 품으면 안 된다. 사람 사는 게 다 거기서 거긴 데 그들을 사랑하며 나눌 기회를 자주 가져보려 한다. 그것이 내가 앞으로 성숙하고 예뻐지는 시술이 아닐까 한다. 시간이 좀 더 흘러가면 그것마저 다시는 주어지질 않을 것 같으니까. 사람이 세상을 떠날 때 아무것도 가져갈 수 없고 남기는 것도 아닌 것을 확실하게 느꼈음에도 자고 나면 또 후회하는 삶을 살아가고 있다.

난 그들보다 아주 많은 것을 누리고 있지만 늘 만족하지 못했다. 살아갈수록 하고 싶은 일이 끝이 없으니 말로는 세상 것 다 내려놓아야지 하면서 머릿속으론 또 다른 욕심으로 가득했다.

이번 콘서트에 찬조 출연하면서 새로운 시선으로 그들을 보게 되었다. 겉으로 잘 생겼다고 인품까지 잘났다고 볼 수는 없다. 꿈을 향한 그들의 도전에 박수를 보낸다.

오늘 나는 그들에게서 진정한 사람 냄새를 느꼈다. 생각이 바뀌면 미래가 바뀐다는 사실을 알면서 실천이 힘들었다. 그들이 가는 길은 멋진 길이다. 다시 한번 그들의 멋진 무대를 기대해본다. 난 행복한 사람이다. 그 행복을 나누어 줄 수 있게 되었다.

나이는 단지 숫자일 뿐

'나이는 숫자에 불과하다(Age is nothing but a number).' 라는 미국 속담이 있다. 나이가 숫자로 정의되는 건 아니다. 의학이 발달하여 생명이 연장되어 백세시대라 한다. 요즘은 9988 구십구 세까지 팔팔하게 살자는 신조어까지 생겼다.

나도 어느새 육십이 넘었지만, 마음은 아직 오십 대에 머물러 있다. 오랜만에 만난 지인에게서 예나 지금이나 여전하다는 말을 들으면 기분이 좋아지는 것은 나뿐만이 아닐 것이다.

얼마 전 내가 다니는 독서클럽에서 연말 파티가 있었다. 독서클럽에 가입한 지 일 년이 채 안 되어 잘 몰랐는데 벌써 9년째 맞이하는 행사로 회원들이 멋지게 치장하고 모였다. 이 모임의 연령대는 50대 중반에서 70대 후반이다. 한국에서 교편을 잡았거나 전문직에서 일하다 미국에 이민 온 분들이다. 대개 자식들 공부 때문에 오셨다고 하는데 열정이 있어서 모임에 빠지는 법이 없다.

미국에서는 평생교육이 가능한 나라이다. 같은 책을 읽고, 그 느낌과 생각을 발표하는 것은 삶에 에너지를 주고 긍정적이어서 좋다. 나이는 상관없고 말이 통하며 건강하다면 모두 친구가 될 수 있는 분위기여서 열심히 참석한다.

연말 파티에서는 그동안 준비한 장기자랑을 보여준다. 첫 번째로 초등학교 교장으로 정년퇴직한 조 권사님이 피아노를 연주했다. 〈Spanish Dance〉 〈Beauty and the Beast〉 두 곡을 얼마나 연습을 많이 했는지 악보도 거의 안 보고 마쳤다. 똑소리 나는 분이다.

이어서 1년 배운 바이올린 실력으로 〈You raise me up〉을 연주하는 장 권사님은 곡을 끝까지 마치지 못했지만, 그 정성에 박수를 보냈다. 세 번째 서 사모님의 〈그리운 금강산〉 독창은 모두의 마음을 고국으로 데려갈 정도로 노랫말마다 감정이 실려 눈물이 흘렀다. 내가 속한 합창단의 솔리스트로 역시 목소리로 사람을 감동시키는 실력이다. 뒤이어 수준 있는 바이올린 연주도 이어졌고, 모임에서 가장 젊은 친구인 은아 씨는 기타를 1년 배웠다는데 〈사랑의 종소리〉를 제법 잘 연주했다.

나는 간단하게 고 윤석훈 시인의 〈나무〉를 낭송했다. 이 시는 시인의 유고 시집에 있는 죽음을 앞두고 사랑하는 아내를 나무로 표현한 시로, 애틋한 사랑을 느낄 수 있어서 좋아한다. 시 낭송이 끝난 후 최고의 히트였던 김 권사님의 아코디언 연주가 있었다. 제목은 〈Holly Night〉인데 한 번도 음을 내지 못하고 왼팔만 부채같이 벌렸다 접었다 하며 프로처럼 폼만 잡다가 민망한지 큰 너털웃음으로 모두를 웃음바다로 만들었다.

그래도 그분의 열정과 성의에 감동의 찬사가 끊이질 않았다. 공연이 끝나고 각자 준비해 온 음식으로 상을 차렸는데 그 사람이 주는 이미지처럼 정성 들여 맛있게 해왔다. 식사하며 서로에게 칭찬을 아끼지 않았다. 칭찬은 고래도 춤추게 한다는 말이 맞는다. 상대의 장점을 볼 때는 눈을 크게 뜨고 약점을 볼 때는 눈을 감아야 한다는 말도 있다. 모두 배운 장기에 도전해서 행복하고 뿌듯했다.

인간에게는 무한한 능력이 잠재되어 있다. 이것을 활용하면 승리자가 되고 활용하지 못하면 모습만 인간으로 끝난다는 글을 읽은 게 생각났다. 시대가 바뀌고 문화가 나날이 발전하는 현실에서 남보다 뒤처지지 않으려면 나이는 잊고 살아야 한다. 노인이 되어도 무언가 해야만 된다. 머리를 쓰지 않으면 치매에 걸릴 수 있고, 몸을 쓰지 않으면 빨리 늙고 병에 걸릴 수도 있다. 그러므로 스스로 행복을 찾아 느껴야 한다.

나는 요즘 가슴앓이 중이다. 늦게 시작한 수필 창작에 온 힘을 다 쏟기로 했으나 작년에도 첫 번째 계획으로 한 달에 3, 4편씩 쓰기로 해놓고 실천하지 못했다. 올해는 내 삶을 글로 옮겨 감동을 나눌 수 있는 작품을 쓰는데 도전을 할 것이다. 글을 쓴다는 것은 나의 감정을 변화시키며 그 안에서 힐링을 받기에 노년의 동반자로 삼았다.

좋은 글은 인생관과 가치관을 바르게 만든다. 오늘의 노인 세대들은 독서클럽의 회원처럼 젊은이 못지않게 열심히 도전한다. 무한도전은 인생의 길을 찾아주는 내비게이션이다. 긍정적인 마음과 실천은 최고의 행복을 가져다준다. 새로운 경험에 도전하자. 숫자에 나이만 탓하지 말고 내면의 나이가 들지 않도록 노력해야 한다.

나이는 숫자에 불과하다는 것을 독서클럽 회원의 도전정신에서 다시 배운다. 내년에는 서로를 어떻게 놀라게 할지 기대된다. 오늘은 나이를 잊고 10년은 젊어진 듯 활기차게 보낸 날이다.

이럴 수가

　금요일 오후라서인지 교통체증이 심했다. 쇼핑을 마치고 주차장을 빠져나오던 중 스톱 사인에서 차를 멈추고 우회전을 하기 위해 기다렸다. 차들의 흐름이 잠잠해질 때를 기다리다 내 자동차를 조금 움직이는 순간 오른쪽에서 뭔가 부딪치는 느낌이 왔다. 백인 남자의 자전거가 내 차 오른쪽 앞 범퍼에 부딪혔다. 내 차 뒤에는 서너 대의 차가 기다리고 있어서 바로 내리지 못하고 눈짓으로 쇼핑몰로 들어가자고 했다.

　내려서 보니 그 사람과 자전거도 그리고 내 차도 멀쩡했다. 일단 안심이 됐다.

　"괜찮으세요(Are you okay)? 어디 다친 데는 없나요(Do you have any injured)? 응급차를 부를까요(Should I call an ambulance)? 아니면 경찰을 부를까요(or Should I call the police)?"

나는 당황해서 장황하게 물었다. 상대방은 나이가 있어 보이는 백인이었다. 그는 경찰을 불러 달라고 했다. 나는 911에 전화해서 교통사고가 났다고 보고를 했다.

곧이어 몇 마디 확인한 후 다른 데로 연결해 주었다. 주소와 전화번호를 묻더니 곧 오겠다고 하며 끊었다. 난생처음 경찰하고 통화했다. 죄도 없으면서 폴리스(police)만 보면 무서운 것을 미국에 오고부터 느끼는 감정이다. 한국에선 경찰이 이웃 같아 아무렇지도 않았는데 미국에 살면서 왠지 경찰이 무서웠다.

그런데 신고한 지가 30분이 지나고 한 시간이 지나도 소식이 없었다. 밖에는 찬 바람이 불고 점점 피곤이 몰려왔다. 별로 큰 사고도 아니면서 상대방에게 최대한의 배려를 하기 위해 최선을 다했다. 해가 지면서 밖에 기온이 내려가자 나는 차 안에서 기다렸다. 상대방 남자는 쇼핑몰 안에 있는 버라이즌 매장으로 들어가 기다렸다. 백인인 상대방은 나이도 꽤 있어 보이고 말투나 행동이 어눌했다.

별일 없을 거라는 생각에 한없이 경찰을 기다리고 있다가 다시 911에 전화했다. 한 시간 전에 자동차 사고로 리포트를 했는데 폴리스가 아직 오지 않았다고 했다. 아니 코리안 통역관을 바꾸어 달라고 하니 상대방과 통화하고 싶다며 신경질적으로 말했다. 순간 내 발음이 듣는 이가 무시할 만큼 좋지 않았나보다 하는 생각이 들었다. 상대방을 불러 바꾸어주니 그는 갑자기 많이 아프다며 앰뷸런스가 필요하다고 했다. 얼마 전까지 물었을 때는 괜찮다고 하던 이가 갑자기 아프다니 앞이 깜깜했다. '일이 커지는구나' 하고 생각하자마자 5분도 안 되어 사이렌 소리와 함께 소방차, 앰뷸런스, 폴리스 카, 여러 대가 한꺼번에 달려왔다. 순식간에 몰려든 여러 명의 경찰이 내게 다가오며 환자를 찾았다. 멀쩡하던 그는 갑자기 왼발을 절룩대며 아프다고 하자 바로 들것에 태워 앰뷸런스에 옮겼다. 소방대원과 경찰이 한꺼번에 몰아닥쳐 물으니 마치 내가 큰 죄인이 된 것 같았다. 미국에 와서 처음으로 당한 순간이라 흥분된 감정이지만, 최대한 차근차근 사고 경위를 말했다.

짧은 영어로 최대한 솔직하게 설명했다. 스톱 사인에서 서로 양보하다 같은 시간에 움직여서 내 차의 앞 범퍼와 상대방의 자전거 바퀴가 살짝 부딪쳤다고 말했다. 분명히 그는 괜찮다고 했는데, 갑자기 버라이즌 매장에서 일하던 젊은 백인 청년과 한참을 말하다 나와서는 말을 바꿨다고 했다. 경찰은 듣는 둥 마는 둥 "오케이, 오케이" 하면서 내 차를 보고 상대의 자전거를 보며 무언가 열심히 적었다. 억울한 생각에 열심히 설명했지만, 내 말은 그의 귓전에 들어가는 것 같지 않았다.

경찰이 리포트한 것을 보니 상대방이 70대 노인인 줄 알았는데 79년도 생으로 겨우 38살이었다. '세상에 이럴 수가. 어떻게 그렇게 나이 들어 보일 수 있단 말이야.' 순간 측은한 생각이 들었다. 병원비는 보험회사에서 알아서 할 것이고 조금이라도 죄가 없다는 것을 말하려고 안되는 영어로 손짓·발짓한 내가 부끄러웠다.

집에 돌아와 생각해보니 이 나라는 아직도 이민자는 백인을 이길 수가 없다는 생각이 들었다. 얼마를 더 살아야 무시 안 받고 이 나라에서 살아갈 수 있을까, 서글퍼진다. 그래도 큰 사고는 아니었으니 이제는 보고 또 보며 운전하자고 다짐했다. 병원으로 실려 간 그 젊은 남자는 바로 퇴원했을까 궁금했다.

그 후 얼마 지나지 않아 코트에 나오라는 연락을 받았으나, 보험회사에서 그때 찍어놨던 사진과 설명이 통했는지 상대가 소송한 게 거절되었다. 2년 후 다시 소송할 수 있다는데 과연 그 젊은 사람이 솔직하게 행동을 할 건지 의문이다. 진실은 밝혀지겠지.

한낮의 해프닝이 남긴 큰 상처가 언제쯤 아물지. 이 나라에 사는 한 언제 또 이런 비슷한 경우를 당할지 모른다는 생각에 가슴이 답답하다.

손자가 뭐길래

공항은 붐볐다. 여섯 시간 후면 보고 싶은 손자들을 만날 수 있다는 기대감에 흥분된 마음으로 탑승을 기다렸다. 어디론가 떠날 때는 항상 설렘으로 그 시간만큼은 행복하다. 하와이 호놀룰루로 여행하는 승객들에게 탑승이 시작되니 준비하라는 안내방송이 나왔다. 다행히 일찍 기내에 들어갈 수 있었다. 옆자리는 누가 앉을까 하는 궁금증이 생겼다.

건강하고 잘생긴 젊은 남자였다. 아직 결혼 안 한 딸이 있어서 청년들이 눈에 얼른 들어온다. 몇 마디 인사 정도만 나누고 그 청년은 바로 이어폰을 꽂고 기내 영화를 틀었다.

나는 깜박 잊고 이어폰을 준비하지 못했다. 음악 듣기를 포기하고 책을 펼쳤다. 한 권을 다 읽어갈 무렵 앞에 앉은 어린 아이가 울기 시작했다. 선잠을 잔 것 같았다. 조금 있으니 뒤쪽에서도 아이가 징징대는 소리가 났다. 주변을 둘러보니 아무도 인상을 쓰는 사람이 없다. 짜증이 났지만 나도 손자가 둘이나 있기에 참았다. 그 애들도 제 엄마 아빠를 힘들게 하면서 갔으리라 생각하니 우는 애들이 안쓰럽기만 했다. 언제부터 내가 이토록 너그럽게 변했는지 나도 모르겠다.

곧 호놀룰루 공항에 착륙한다는 기내 방송이 나왔다. 하와이는 해마다 여름이면 큰딸네 가족과 휴가를 보낸다. 일 년에 두 번, 해마다 이어진다. 올해는 오아후섬 코올리나 디즈니 리조트에서 손자들과 좋은 추억을 쌓을 수 있게 되었다. 일 년 내내 온화한 기후에다 하와이의 기운을 느낄 수 있는 푸른 바다가 있는 곳이다. 그야말로 아이들을 위한 디즈니랜드의 야심작이라고 한다.

최대한으로 누릴 수 있는 것은 다 즐기자 생각했던 꿈은 하루도 가기 전에 사라져 버렸다. 큰손자는 아침 일찍 엄마를 따라 아이들을 위한 킷즈 클럽에 갔다. 선착순이라 부지런하지 못하면 매일매일 다른 좋은 클래스를 놓친다. 아이가 충분히 못 자고 나가는 게 싫어서 안 가겠다고 울고불고 떼를 쓰면서 따라나선다. 아이들이 있는 젊은 부모들은 다 모인 것 같다. 사위는 수영장 주변 좋은 자리 잡겠다고 일찌감치 나갔고, 나는 14개월 된 작은 손자와 실랑이를 벌여야만 했다.

이제 막 걸음마를 시작한 작은손자는 한시도 가만히 있지 않는다. 이 방 저 방 다니며 쓰레기통 뒤지고 무엇이든지 손에 잡히는 것은 버리고 말썽이 이만저만이 아니다. 우유 먹일 시간에 우유병이 안 보여 한참을 찾다 보니 결국 쓰레기통에서 나왔다. 큰손자 신발이 안 보여 구석구석 뒤지다 보니 싱크대 캐비닛에 있었다. 거기다가 밥은 한 시간을 따라다니며 먹여야만 했다. 애들이 돌아와 진이 빠진 내게 수영하러 나가자고 했지만, 포기할 수밖에 없었다.

하루는 일찌감치 새벽 운동을 하기 위해 호텔 밖으로 나오니 앞에 펼쳐진 바다가 너무 푸르렀다. 많은 관광객이 행복한 얼굴로 조깅하는 모습이 신선했다. 가까운 곳에서 코나커피 한 잔의 여유를 가져보았다. 코나커피는 세계 최고급의 맛있는 커피라고 한다. 다른 원두와 달리 블랜딩이 안 된 수작업이라 더욱 환상의 맛이다. 소설 〈톰 소여의 모험〉의 작가 마크트웨인이 즐겨 마셨다고 한다. 여행이 주는 즐거움이 이런 게 아닌가. 멀리 하와이까지 와서 호텔에서 모닝커피 한 잔 여유 있게 못 마시지만, 눈만 마주치면 눈웃음을 치는 손자 녀석의 모습이 마치 인사동 상점 벽에 걸린 웃는 하회탈 같아 행복하다.

아이를 유모차에 태워 밖으로 나온 그 날은 해가 서서히 자취를 감추려는 석양이 질 때였다. 말로 표현할 수 없을 정도의

붉고 아름다운 절경이었다. 하늘에 크게 번져오는 불타는 듯한 노을 뒤편으로 힘든 시간을 날려 보내고 아이를 내려다보니 잠을 자는 모습이 천사 같았다. 할머니 노릇은 아무나 하는 게 아니다 싶다가 잠든 아이를 보면 이게 행복인 것 같다.

주치의가 딸네 집에 간다는 내게 어린애들은 눈으로만 돌봐주라 했던 말이 생각났다. 그의 말을 듣지 않아 허리 병이 재발하였나 보다. 통증이 심하다.

할머니가 좋다며 양쪽에서 매달려 서로 품에 안기려 할 때 허리가 아프고 손목이 시큰거려도 다시 돌아오지 않을 이 시간을 소중하게 받아들이려 한다.

손자가 뭐길래 기대했던 하와이 여행은 다음 해로 미루어야만 했다.

4

종달새 할머니

옛날 조선 시대에는 90세 이상의 백성에게
은전으로 주던 벼슬이 수직이라고 있었는데
지금도 비슷한 게 있으면 좋겠다.
어머니의 건강이 허락된다면 찾아가
구순연을 크게 차려드리고 싶다.
마음은 가까이에 있는데 너무 멀리 떨어져 사는 게 안타깝다.
인생의 즐거움도 모르며
시부모를 모시고 오 남매를 잘 키워낸 엄마는
어머니로서 최우수상감이다.

－본문 중에서

종달새 할머니

생일을 축하해 주기 위해 두 딸이 뉴욕과 샌프란시스코에서 온다. 저녁 식사 예약은 물론 이틀 동안 스케줄을 이미 짜놓았다고 한다. 덕분에 예쁘게 보이려고 네일 샵에 갔다.

제이는 십 년 전 미장원을 오픈할 때부터 그곳에서 일을 시작해 어느새 단골이 되었다. 이런저런 이야기를 나누며 손톱을 정리하고 있는데 제이의 친정엄마로부터 연거푸 두 번이나 전화가 걸려 왔다. 그녀는 밖으로 나가 한참 동안 통화를 하고 돌아와 깊은 한숨을 쉬었다. 대소변을 혼자 해결할 수 없는 그녀의 엄마가 멈추지 않는 설사로 고생한다고 했다. 간호사를 몇 번 불러도 오지 않아 찜찜함을 견디지 못해 딸에게 전화를 건 것이다.

제이의 엄마는 허리와 다리가 불편해 혼자서 활동을 못 해 작년에 양로병원에 입원하셨다. 딸 부부가 풀타임으로 일을 하기에 어머니는 원치 않으셨지만 어쩔 수가 없었다. 안쓰러운 마음에 하루건너 음식을 사 들고 찾아간다.

그곳에 입원해 있는 사람들은 대부분 80세 이상 되는 노인으로 치매나 중풍, 또는 거동이 불편한 환자다. 제이의 엄마는 양로병원에서 종달새 할머니라 불린다. 누워있으면서도 정신이 멀쩡하고 말이 많다고 하여 그들끼리 만들어낸 말이다.

그 이야기를 들으니 친정엄마가 생각났다. 친정엄마는 기력이 극도로 떨어져 말도 못 하고 제대로 걷지도 못하는데 종달새 할머니라도 되었으면 좋겠다.

엄마는 한국에 계시니 보고 싶어도 볼 수 없어 안타깝다. 작년에 중환자실에 입원하는 바람에 세 번이나 다녀왔다. 그래도 뇌경색 후유증으로 인한 반신불수나 치매가 아니어서 다행이다. 대소변을 받아내도 자식을 알아보면 좋겠다. 식욕이 사라지고 삶의 의욕도 잃어가는 엄마는 말수가 적어지고 누구도 반가워하지 않는다. 엄마는 잘 듣지를 못해 말하는 것을 일부러 피한다. 정신은 아직 또렷해서 기억력은 좋은데 기력이 없어 누워만 계신다.

두 달 전에 시애틀 사는 친구가 서울을 방문했다가 엄마가 계시는 병원을 다녀왔다. 내 친구라고 하니 바로 알아듣고 많은 이야기를 나누었다고 했다. 큰딸 친구가 미국에서 왔다니

나를 본 듯 반가웠나 보다.

그래도 병원 가까이에 삼 남매가 살고 있어 안심이다. 언제부터 한밤중에 남동생한테서 카톡이라도 오면 깜짝 놀라 가슴이 뛴다. 나쁜 소식인가 싶어 두렵다. 제이의 걱정이 우리 자식들의 공통된 걱정이며 고통이 아닌가 싶다.

종달새 할머니라도 좋으니 엄마가 우리 곁에 오래 계셨으면 하는 바람이다. 건강이 조금이라도 회복되어 그 사랑을 다시 느껴보고 싶다. 감당하기 어려운 이별의 시련은 다시 찾아오지 않았으면 한다. 사람이 태어나서 살다가 생명이 다해가는 것은 자연스러운 일이지만, 가족과의 마지막 이별은 정말 받아들이기 힘들다.

엄마는 5월이면 90세 생신을 맞는다. 옛날 조선 시대에는 90세 이상의 백성에게 은전으로 주던 벼슬이 수직이라고 있었는데 지금도 비슷한 게 있으면 좋겠다. 어머니의 건강이 허락된다면 찾아가 구순연을 크게 차려드리고 싶다. 마음은 가까이에 있는데 너무 멀리 떨어져 사는 게 안타깝다. 인생의 즐거움도 모르며 시부모를 모시고 오 남매를 잘 키워낸 엄마는 어머니로서 최우수상감이다. 부모가 자식을 끝없는 희생과 사랑으로 키웠다면 자식은 그 반도 되돌려 갚지 못하고 만다. 부모의 자식 사랑은 영원한 짝사랑이다.

작은애가 고등학생 때 냄새나고 어두컴컴한 양로병원에서 봉사활동으로 일한 경험이 있다. 한인 할머니 서너 명이 바쁜 자식들에게 외면당하고 매일 구석진 곳에서 화투를 치면서 시간을 보내는 게 가슴이 아팠다고 말했다. 그 후에 고급 호텔병원에서 봉사했는데, 노인들이 방 하나에 메이드도 있고, 강아지를 키우면서 즐겁게 보낸다고 했다.

오전엔 예쁘게 치장하고 핸드백을 든 채 내려와 우리 애가 서빙하는 주스를 마신다. 저녁이면 와인을 마시고 간단한 게임과 구슬 팔찌를 만들며 시간을 짜임새 있게 보낸다고 했다. 자식이 일주일이 멀다고 찾아오는 모습을 보며 나중에 우리 엄마가 아프면 호텔병원에 있게 해야지 결심을 했다고 해서 웃은 적이 있다. 지금도 가끔 돈 벌어서 뭐 할 거니 물어보면 "엄마 아프면 호텔병원에 있게 해주려고"라고 말한다. 즐거워해야 할지 슬퍼해야 할지 모르겠다.

두 딸이 생일을 축하해 주려고 멀리서 찾아와주는 것만 해도 큰 행복이다. 내가 그들에게 줄 수 있는 게 있다면 돈도 아니며 명예도 아니다. 건강하고 즐겁게 사는 모습을 보여주는 것이 아닐까. 인간의 평균 수명이 100세를 넘는 시대가 열렸으니 적어도 종달새 할머니는 되지 말아야지 하는 마음으로 오늘도 난 힘차게 러닝머신에서 뛰고 있다.

삶의 지휘자

그의 기일이 가까워져 온다. 떠난 남편이 생각날 때면 클래식 음악을 듣는다. 그는 차이콥스키의 음악 중 〈1812년 서곡〉을 즐겼다. 나는 주로 공연을 직접 본 발레 음악을 좋아한다.

오늘 아침은 차이콥스키의 〈백조의 호수〉 제2곡 우아한 왈츠로 시작했다. 아주 오래전 영국 로얄 발레단 공연을 관람한 적이 있다. 발레 공연을 되살려 머릿속 기억을 떠올렸다. 피로를 잊게 해주고 마음이 평화로워진다. 음악을 들으며 잠깐 추억에 젖어있다가 신문을 펼쳤다.

눈에 들어온 '로또의 비극'이라는 기사는 충격이었다. 아내가 23억 복권에 당첨된 후, 부부 사이에 갈등이 생겼다. 결국, 가정 폭력으로 이어져 이혼 얘기까지 나오자 아내와 어린 아기를 살해했다. 세 아이를 남긴 채 자신도 극단적인 선택을 한 남성의 사건이었다. 로또 당첨의 행복도 잠시, 하루아침에 한 가정이 폭력과 죽음으로 몰아갔다. 비극으로 끝난 부부가 조금만 욕심을 버렸다면, 지금쯤 네 아이와 행복한 시간을 보냈을 텐데….

자신의 욕심을 채우기 위해 사랑하는 가족을 죽음으로 몰아넣는 이기심은 어디서 나온 것일까. 평생을 써도 못 쓸 돈인데 써보지도 못하고, 비극으로 끝나는 드라마 같은 이야기는 만들지 말아야 한다. 돈이 억만 냥이 있어도 내 손에 쥐어지지 않았다면 내 것이 아니다. 마켓에서 필요한 물건을 부담 없이 살 때, 식당에서 친구에게 음식 대접 후 편안하고 흐뭇했다면 그것이 가치 있는 내 돈이다.

우리가 살면서 가장 절실한 것이 무엇인가. 아픈 사람은 건강이, 사랑을 잃은 사람은 사랑하는 이가, 굶주린 사람은 한 끼의 식사다. 어려운 일이 생겼을 때 함께해줄 누군가 곁에 있다면 그보다 더한 행복은 없다. 기준을 어디에 두었느냐에 따라서 행복과 불행이 정해진다.

돈은 우리의 삶을 눈멀게 하고, 괴롭히며, 상처를 주고 또 때로 웃게 한다. 누군가에겐 권력이고, 재산이지만 또한 욕심의 끝이 비극으로 끝날 수 있다.

남편은 돈에 대해서는 무덤덤했다. 풍족한 집안의 막내로 부족함 없이 자라서인지 돈에 대해 크게 가치를 두지 않았다.

그가 중요하게 생각한 것은 사람이었다. 책과 영화 그리고 음악을 좋아한 그는 아이들에겐 자상한 아빠이고 내게는 세상 편한 친구 같은 남편이었다. 낙천적이고 유머가 많은 그의 주변엔 늘 사람들이 따랐다. 그가 우리 곁을 떠났을 때 부고를 알리지 않았음에도 많은 사람이 장례식에 참석해 슬픔을 함께 했다. 그 뒤로 매년 기일이 오면 친구와 직장 동료들이 잊지 않고 꽃을 보내거나 찾아와 그의 명복을 빌었다. 그는 자신의 삶을 멋지게 안과 밖으로 조율하며 살다가 갔기에 더 깊은 그리움으로 기억되고 많은 추억을 남겼다.

돈 앞에 무너진 남자의 비극을 읽으며 삶에 대해 생각해본다. 자신이 어떤 사람이며, 어떤 가치를 추구하는 사람인지 깨닫는다면 지혜롭고 현명하게 살지 않을까. 내가 더 너그러워진다면 삶이 풍요로워질 수 있다. 조금만 달리 생각하면 단점이 장점이 될 수도 있다. 삶의 끝을 생각해보면, 욕심을 포기해야 편안한 삶을 살 수 있다. 삶은 한 번뿐, 좋은 생각만 하고 살면 안 될까. 자기 자신을 사랑하기보다 타인을 먼저 사랑한다면 비극은 생기지 않는다. 돈으로 남을 저울질하지 말고 주어진 대로 살아갔으면 한다.

인생은 공부다. 자기중심적인 것은 한계가 있다. 하루에도 수많은 감정을 겪으면서 깨닫는다. 내 인생에 필요한 것이 무엇일까. 잔병치레는 하지만, 큰 몹쓸 병이 없다면 그 또한 가슴 쓸어내릴 일이다. 자식들도 저마다 주어진 삶에 최선을 다하며, 남 부럽지 않게 잘 살아가니 나는 덤으로 행복하다. 돈 앞에서 욕심을 버리고 남을 미워하기보단 사랑하고 보듬으며, 좋은 생각만 하면서 살자.

욕심에서 빚어진 실수로 인해 비참한 최후를 맞이한 백인 남성이, 삶의 기준을 돈에다 두지 않았다면 비극은 일어나질 않았을 거다. 그는 욕심과 연약함 때문에 사악한 악마로 변했다.

자신의 삶을 타인과 조화를 잘 이루며 살다간 남편처럼 살려고 한다. 욕심이 없고 주위를 먼저 챙기는 성격에 불만이 있었는데 지나고 보니 그가 옳았다. 나이가 들수록 음악 안에서 여유와 풍요로움이 생겼다. 수십 명의 단원과 그들의 악기가 훌륭한 지휘자의 지휘로 멋진 하모니를 이루어 인정받는 오케스트라로 만든다. 그렇듯 세상을 보는 올바른 시각과 주위를 돌아보며 그 안에서 관현악단처럼 조화를 이루어 격조 있는 내 삶의 지휘자가 되려 한다.

나 스스로 기쁨과 만족감을 느껴야 나누는 삶을 살 수 있다. 나누는 즐거움은 우리가 살면서 받을 수 있는 최고의 보상이라고 했다. 나와 주위 사람들이 함께 행복했으면 좋겠다.

기사를 읽으며 놀란 가슴을 다시 감미로운 음악에 귀를 기울이며 쓸어내린다. 어느새 〈백조의 호수〉 제3곡 정경 scene 이 시작되고 있다.

이번 기일에는 산소에 가서 그가 좋아하는 차이콥스키의 〈1812년 서곡〉을 들려주려고 한다.

자가격리 중에 깨달은 삶

방금 엄마와 통화를 마쳤다. 요양병원에 들어간 지 3년째 되어간다. 재작년 12월에 엄마를 만난 후 코로나바이러스로 인해 가족 면회가 일 년 넘게 금지되었다.

92세 된 엄마는 미국에 있는 큰딸이 늘 그리운가 보다. 간호사에게 큰딸한테 전화를 걸어달라 조른다고 한다. 가끔 병원에 전화를 걸어 엄마의 상태를 확인한다.

오늘도 전화를 걸어보니 간호사는 기다렸다는 듯이 할머니가 알츠하이머가 시작되었다고 했다. 듣는 순간 앞이 캄캄하고, 다리가 후들거리며 가슴이 메어왔다.

엄마와 통화를 연결해 주었는데 뜬금없이

"조 집사야?"

"아니, 나야 나. 큰딸 수희 엄마야."

엄마는 듣는 건지 못 듣는 건지 조 집사만 부른다. 간호사도

조 집사, 나도 조 집사, 엄마의 기억 세계는 오래전 교회 사람들하고 어울리던 시간으로 돌아간 것 같다. 간호사는 엄마가 큰딸 전화번호를 알려 달라고 조르니 방문하는 것이 좋겠다고 권유했다.

문제는 자가격리다. 14일을 시설에서 보내야 하는 게 걸렸다. 딸들에게 외할머니의 상황을 말하니 무조건 한국에 가서 뵙고 오라고 한다. 작은딸은 입장을 바꾸어 엄마가 심각해졌는데 자신이 격리가 문제여서 못 간다고 하면 되냐며 나에게 되물었다.

급하게 표를 사고 출발 72시간 안에 코로나 검사 음성 증명서(RT-PCR)를 받아 비행기를 탔다. 12시간 반을 비행하는 동안 잠을 잘 수가 없었다. 엄마의 건강 상태가 걱정되고 자가격리를 해야 하는 게 심적으로 부담이 되었나 보다.

인천공항에 도착하기 전 이미 기내에서 여러 장의 질문서를 작성했다. 특별검역 신고서, 검역 확인증, 활동 범위 등 제한 통지서, 격리통지서 수령증, 여행자 휴대품 신고서(세관 신고), 입국 신고서. 여러 장의 서류를 들고 신고해야만 했다. 체류자격이 A1(외교), A2(공무), 이민국을 거쳐 세 번의 지문과 얼굴 사진을 찍고 확인 절차가 끝나면 빨간 표시가 되어있는 목걸이(단기 거주자)를 걸고, 경찰의 안내를 받아 시설(호텔)로 인도된다. 인도되기 전에 신원을 확인해줄 보호자나 보증해줄 국내 거주자의 확인이 있어야 한다. 절차가 까다롭고 시간이 오래 걸려 짜증이 날 법도 한데 그 누구도 불평이 없고 잘 따라주었다. 생각해보면 세밀하고 수준 있게 대처해 나가는 방법이 자랑스럽기는 하나 너무 복잡하고 많은 시간을 허비했다.

전날 2,400명이 입국하여 서울의 시설은 이미 꽉 차 있어 나는 용인의 한 호텔(정부 인증)로 인계되었다. 새벽 4시 전에 도착하여 오전 10시가 되어서 시설에 온 것이다. 간단한 오리엔테이션과 '자가격리자 안전보호 앱'에 증상과 체온을 매일 오전에 입력하는 방법을 배웠다. 한화 백육십팔만 원(미화 약 1,600불)을 지불하고 방으로 안내되었다. 의료진이 와서 코와 입 안을 통해 다시 코로나 검사를 했다. 임시 생활시설 이용 규칙이 아주 까다로웠다. 호텔 서비스는 간곳없고 꼬박 14일을 지내야 하니 심적 부담이 컸다.

큰돈 내고 들어와 대접은커녕 격리 환자 취급받는 게 억울했지만, 나는 스스로 포기하고 안내문을 잘 따라서 이행했다. 하루 세 번 방문 앞에 두고 간 음식물 픽업하고 하루 쓰레기를 소독하여 내놓는 일 한 번, 정확하게 네 번 문을 여는 거 외에는 온종일 호텔 방에 갇혀있는 셈이다. 안내문 글귀도 입소,

퇴소, 시설 등 낯선 단어다. 마치 죄를 짓고 들어온 죄수나 격리 대상 환자를 대하는 듯하다. 가끔 창문 밖의 멀리 분주히 오가는 자동차를 바라보고, 푸릇푸릇 올라온 주변의 잔디와 산의 나무를 보면서 정지된 시간을 낚시하듯 마음을 재정립해 본다.

가끔 심심할까 봐 카톡으로 안부를 묻는 지인들이 고맙다. 생각해보니 그동안 나를 들여다볼 수 있는 시간이 없었다. 격리를 통한 시간이 서럽기는 하지만 이 시간도 지나가리라. 훗날 돌이켜보면 추억이 될 수도 있겠구나 하고 위로했다.

코로나란 재앙 앞에서 내일을 예측한 사람이 과연 있었을까 하는 의문이 생긴다. 우리는 한 치 앞도 내다보지 못하는 오늘을 살고 있다. 그럼에도 불구하고 이 현실에 내가 할 수 있는 일이 무엇일까, 또한 앞으로 어떤 삶을 살아야 할까 생각해본다.

오늘은 격리 11일째다. 3일 밤만 지나면 퇴소한다. 이제 어느 정도 익숙해져 가나 보다 하는데 나갈 준비하라며 퇴소 설문지를 주었다. 퇴소 시간은 자정부터 오전 8시 전이다.

나는 오전 7시에 셔틀버스를 타고 지인이 사는 집 근처로 갔다. 지인과 만나 곧바로 엄마가 계시는 요양병원으로 가기로 했다. 간호사하고 통화하니 면회는 비대면 면회로 오후 1시

30분에서 오후 3시 30분 사이, 5분에서 10분 내외로만 가능하다고 한다. 무엇이 이리 복잡하고 까다로운지 화가 나는 것을 참았다. 10분 보려고 자가격리 14일 하고 왔단 말인가. 불평불만을 한다고 해결되는 게 없다. 이 시간에 일어나는 모든 것을 받아들이면 불만이 사라지겠다고 생각한다.

격리하는 동안 살아가는데 하나를 더 깨달았다. 오늘은 좋은 생각만 하자. 미리 걱정하지도 말고, 일어나지 않은 앞날을 생각하지 않으면 근심 걱정이 생기지 않는다. 결국, 오늘 이 시간은 지나간다. 그리고 엄마가 나를 알아보고 반가워하리라는 작은 소망을 기대해본다.

세월이 흘러도

세월이 흘러도 어린 시절의 기억은 아직도 생생하다. 가끔 빛바랜 사진을 보며 그때를 떠올리곤 한다.

내 어릴 적 머리모양은 양 갈래로 길게 따거나 예쁜 리본으로 묶었다. 태어나서 한 번도 자르지 않은 배냇머리였다고 했다. 또 흰색 블라우스에 빨간 후레어 스커트를 입고 끈 달린 구두를 신었던 사진이 아직도 있다. 엄마는 첫딸인 내게 정성 들여 입히고 예쁘게 가꾸어 주었다. 그러던 어느 날 내 의사와 상관없이 할머니 댁으로 옮겨와서 오빠와 둘이 할머니와 할아버지 손에서 자랐다. 군인이었던 아버지의 잦은 전근 때문이었다. 방학 때나 부모님을 만날 수 있었다. 아버지가 이곳저곳을 데리고 다니면서 많은 사진을 찍어준 게 남아 있다.

언젠가 한국 친정집에 애들하고 갔을 때였다. 큰딸이 사진 한 장을 보고는 깔깔 웃으며 "Are you North Korean?" 엄마

사진이 맞냐고 물었다. 나의 긴 머리가 할머니 손에 하루아침에 싹둑 잘려져 짧은 단발머리가 되었다. 예쁜 블라우스에 스커트는 간 곳이 없고 오빠가 입다가 물려준 재킷 같은 걸 입고 찍은 사진이다. 내가 봐도 이해할 수 없는 옷차림이다. 사진 속의 나는 영락없이 TV의 뉴스에 나오는 북한 아이 같다. 지금 시대에 비교하면 촌스러운 모습에 웃음이 나올 만도 하다.

가끔 엄마가 예쁜 원피스나 블라우스를 사서 보내도 할머니는 항상 바지를 입혔다. 훗날 물어보니 긴 머리는 감기기도 어려웠고 매일 모양을 내 빗기는 게 힘드셨다고 했다. 종아리를 드러내고 다니는 게 보기 안 좋아 짧은 치마는 아예 입히지를 않았다고 했다. 초등학교 내내 학부모회는 할아버지 담당이었고 소풍이나 운동회는 할머니가 음식을 바리바리 싸서 오셨다. 할머니의 뜻대로 바지만 입었던 나의 어린 시절의 모습은 촌스러웠다. 그렇지만 오빠와 다툼없이 할머니와 할아버지의 정성과 사랑 안에서 잘 컸다는 생각이 든다.

인형같이 예쁘게 입고 다녔던 시간과 또 한때는 북한 아이 같이 짧은 단발머리에 촌스러울 때도 있었다. 저녁때가 다 되도록 놀다가 밥을 먹으라고 불러야 집으로 들어왔던 어린 시절도, 친구가 더 좋아 밤새는 줄 모르고 재잘거리던 꿈 많은 사춘기의 시절도 있었다.

어느 시간이 더 소중하다고 가릴 수 없이 그립다. 어린 시절부터 결혼 전 그리고 이민 와서 미국 생활이 모두가 파노라마처럼 지나간다. 수십 년의 세월이 흘렀지만, 그 시간만큼은 놓치고 싶지 않다. 언젠가 어렸을 때 살았던 그곳을 찾아가서 그 시간을 기억하며 시간여행을 하고 싶다.

세상은 계속 변하고 있다. 나 자신도 함께 변하고 있지만, 내 머릿속에 차지한 어린 시절의 추억은 변하지 않고 언제나 그 자리에 남아 나를 행복하게 한다. 인공지능에 나노 기술, 3D 인쇄술에 이르는 현실이건만, 내가 살아온 삶은 어느 하나도 잃어버리고 싶지 않다. 휴대전화가 없어도 행복했고 디지털카메라가 없이 찍은 흑백 사진도 이제 와선 다 귀한 보물 같다. 비록 지금에 비교하면 삶의 질이 떨어졌지만, 길거리 음식을 사서 먹어도 배탈 한번 난 적 없었다.

그때는 지구온난화란 말도 없었고 올개닉이란 단어도 몰랐다. 일상생활이 작고 평범했지만 행복했다. 인간의 힘으로 세상이 엄청나게 변했으나 크게 행복해지지는 않은 것 같다.

시간이 흘러 어린 시절 친구들과 인연이 끊어졌지만, 기억은 그대로 남아 있다. 오히려 그때 그 시절이 그리워 가끔 생각이 난다. 때론 가지 않는 손목시계처럼, 어린 시절 촌스럽고 사투리를 쓰며 살았던 그 시절에 멈추었으면 한다.

시간 속에 갇힌 아버지

새벽 두 시에 핸드폰이 울렸다. 불길한 예감이 들었다. 아버지가 돌아가셨다는 남동생의 소식이다. 이미 건강 상태가 안 좋아지셔서 조만간 보내드려야 한다는 마음의 준비를 한 줄 알았는데 아니었나 보다. 가슴이 덜컹 내려앉으며 아려왔다.

아버지는 그 연세에 비해 키가 크고 건장하시며 원리 원칙을 매우 중요시했다. 누군가 조금이라도 규범을 지키지 않으면 큰소리를 내실 정도로 고정관념에 융통성이라고는 전혀 찾아볼 수 없는 분이다. 퉁명스럽고 무뚝뚝한 아버지를 엄마는 늘 못마땅해하셨다. 오랫동안 군 생활이 몸에 배고 제대 후 공무원으로 정년퇴직을 하신 탓일 것이다.

자라면서 매력이라고는 한 군데도 없다는 아버지를 향한 엄마의 불평을 자주 들었다. 하지만 나의 아버지는 할아버지와 할머니가 장남으로 인정하는 효자다. 퇴근하여 할아버지와 할머니께 먼저 인사를 드리고 그날 지낸 이야기를 한 시간 정도 나눈 후 엄마와 마주하셨다.

큰딸인 나에게는 말씀은 없으셨어도 무엇이든지 해주셨다. 중학교 입학했을 때도 빨간 보석이 박힌 작고 예쁜 손목시계를 선물해 주었고, 구두도 제화점에서 맞추었다. 사춘기 소녀의 마음을 읽었는지 양말도 핑크색으로 사 오셨다. 엄마에게는 멋없고 퉁명스러운 남자였지만, 내겐 더없이 자상하고 관심 많은 아버지였다.

건강하던 아버지가 어느 날 감기를 심하게 앓았다. 감기가 만병의 근원이라더니 바이러스가 다리로 옮겨갔다. 다리 전체가 퉁퉁 붓더니 뇌로 올라가 열이 나면서 혼수상태로 쓰러지셨다. 병원 응급실에 입원했을 때 모두 아버지가 돌아가시는 줄 알았다. 다행히 정신은 차리셨지만, 바이러스성 뇌질환이 시작되어 뇌가 손상되면서 점점 치매 증세가 보였다. 겨울에도 운동 후 냉수마찰을 하던 건강한 분인데 하루아침에 아이가 되어버렸다. 식구들도 알아보지 못하고 어눌한 말투로 몇 마디만 의사소통을 했고, 대소변도 못 가렸다.

소식을 듣고 한국을 방문했을 때, 나를 무표정한 얼굴로 한번 쳐다보고 고개를 돌리셨다. 전에도 오랜만에 친정에 가면 미소진 모습으로 한마디, "왔니?"가 반가운 인사의 전부였지만 그때와는 다른 반응이 낯설어 나를 슬프게 했다. 아버지는 음식을 거부하고, 간식도 피하며 겨우 음료수 몇 모금 넘기시면 곧바로 잠이 들었다. 식구들은 모두 힘들어했다. 특히 엄마는 몸이 반쪽이 되도록 말라 환자 돌보는 일이 여간 힘들지 않다는 것을 말로 안 해도 느낄 수 있었다. 그동안 애정 섞인 불평을 하시긴 했었지만, 처음으로 아버지를 원망했다.

엄마의 병간호는 나날이 늘어만 가는 궂은일로 인하여 언성이 커졌다. 간병인이 있었지만, 기저귀 가는 일부터 큰 몸을 씻기는 일 그 모두가 남한테 맡길 수 없다고 했다.

하루는 "아버지, 뭐 드시고 싶어요? 생각나는 것 있으면 말하세요." 하니, 수제비라고 답하셨다. 슈퍼마켓에 가보니 만들어진 수제비가 각양각색이다. 그중 눈에 띄는 상표를 사서 맛있게 끓여드렸다. 한술 뜨더니 "아니야." 하면서 숟가락을 놓았다.

사 온 것을 아셨는지 아니면 옛날에 드시던 게 생각이 난 것 같았다. 기억이 과거에 머물러 있으니까. 처음으로 직접 밀가루 반죽을 만들고, 끓여놓은 멸치 육수에 감자를 송송 썰어놓고 호박은 채를 썰었다. 반죽을 얇게 손으로 뜯어 정성껏 끓여서 작은 그릇에 담아 드렸더니 다 드셨다. 아버지는 음식을 드시며 과거의 기억 속으로 여행을 다녀오셨는지 모른다.

그리운 추억을 더듬은 것 같다. 나 역시 나이가 들면서 어렸을 적 할머니의 음식이 유독 먹고 싶은 것도 우리는 음식 속에 향수가 깃들여 있기 때문이다.

삶과 죽음의 경계에서 힘겨운 싸움 끝에 아버지는 조금씩 나아졌다. 체중도 거의 돌아오고 어눌하지만, 말도 제대로 했다. 옛날로 돌아가서 군대 생활 이야기를 하셨다. 벽에는 훈장과 상장, 사진을 걸어놓고 가장 좋았던 시절만 기억해, 밑에 부하를 거느리고 소리치며 보낸 시간에 머물러 있다. 비록 뇌는 손상되었지만, 아버지 가슴속 깊은 곳에는 소중하게 그때의 그 시간과 추억이 남아 있다. 자신의 원칙을 고수하며 살았던 아버지가 하루아침에 달라진 모습에 가슴이 아프고 서글펐다.

가족들은 병원에 마련된 빈소에서 장례식을 삼일장으로 했다. 미국에 사는 나는 시간 차이로 참석을 포기하고 동생과 함께 조용히 추모 기도로 아버지를 보내드렸다. 엄마에게는 친절하지 않았지만, 삶에 최선을 다하고 떳떳하게 살아오신 아버지. 웬만큼 잘나지 않으면 인정받지 못하는 세상에서 부끄러운 아버지는 아니셨다. 내 기억 속의 아버지는 그런 분으로 남을 것이다.

내가 안 하면 네가 하잖아

손자가 있어서 아이들이 나오는 TV 방송을 즐겨본다.

며칠 전이다. 다섯 살과 8개월 된 두 딸을 돌보느라 바쁘게 보내는 워킹맘에 관한 이야기를 보며 감동하였다.

근처에 사는 친정엄마가 딸네 집에 들어서자마자, 익숙하게 팔을 걷어붙이고 부엌으로 들어가 싱크대에 쌓여있는 설거지를 한다. 딸은 작은아이를 앞가슴에 걸치고 등을 토닥토닥 두드리며 잠을 재우고 있다.

"엄마, 하지 마세요. 나중에 제가 할 거예요. 제발 하지 마세요."

딸이 애원한다. 얼마 전 친정엄마가 갑자기 열이 오르면서 쓰러져가는 것을 발견한 사위와 딸이 놀라서 다가서자, 엄마는 자신이 코로나바이러스에 감염된 줄 알고, 소리치며 가까이 못 오게 했다. 그 와중에 어린 손녀들한테 행여 옮기기라도 할까 봐 그런 초인적인 힘이 나왔다고 한다. 엄마가 응급실을 다녀온 후 딸은 집안일을 못 하게 한다.

"내가 안 하면 네가 하잖아."

친정엄마는 큰손녀 밥을 먹이면서 아이를 재우고 있는 딸에게 반찬을 얹은 밥숟가락을 입에 넣어준다. 한입에 받아먹는 딸의 모습을 보며 가슴이 뭉클했다.

그 가정만의 이야기가 아니다. 세상 모든 어머니는 자식 키우느라 시달리는 딸을 보면 저 친정엄마처럼 할 것이다.

구순이 넘은 나의 어머니도 그랬다. 일 년에 한두 번씩 한국 친정에 가면, 육십이 훨씬 넘은 내게 손 하나 까딱하지 말고 해주는 밥 먹고 푹 쉬다 가라고 하신다. 사실 엄마의 손맛이 그리워 습관처럼 받아먹기만 하다가 온다. 그 품 안에서는 철 없는 응석받이가 되어버린다. 미국에서 왔다고 아침 식사 후 커피믹스를 한 잔씩 타다 주며 마시는 걸 보면서 흐뭇해하신다. 설거지라도 하려면 일하랴 아이들 키우랴 고생을 많이 했다고 친정에 오면 부엌에는 얼씬도 못 하게 밀어낸다.

"어느새 같이 늙어가고 있구나."라면서 안쓰러운지 손을 꼭 잡아주셨다. 지금은 코로나바이러스로 요양병원에서 1년이 넘도록 자식들과 만나지 못하고 계시니 가슴이 아프다.

나도 딸네 집에 가면 친정엄마가 하시던 대로 똑같이 한다. 일곱 살과 다섯 살이 된 두 아들과 남편, 세 남자 뒷바라지하는 딸애가 안쓰러워 나도 모르게 부엌일을 도맡아서 하게 된다.

딸은 언제나 뛰어다닌다. 하루가 늘 바쁘다. 아침에 아이들 깨워 아침 먹여 등교시키고, 학부모 자원봉사자로 학교 일을 돕는다. 하루 일이 꽉 차 있다. 유능한 남편에 풍족한 경제생활, 우아하게 하루를 보낼 수 있는데 온종일 일을 달고 산다. 아이들 운동 레슨이 있는 날에는 빨랫감도 산더미씩 나온다. 일 같지 않은 집안일을 습관적으로 철두철미하게 해내는 딸이다.

딸이 바쁘게 움직이며 집안일을 하면 나는 잔 설거지나 빨래를 거들곤 하는데 내 집에 있을 때보다 더 피곤하다. 뼈마디가 쑤시고 몸이 아파도 아침이 되면 무거운 몸을 끌고 똑같은 일을 반복하며 딸을 돕게 된다. 못 하게 말리는 딸을 보면서 '어떻게 키운 딸인데…'라고 한숨을 쉬며 혼자 중얼거린다.

아무도 알아주는 사람 없지만, 딸은 엄마를 위대하게 본다. 여자는 육아, 가사 등 한 사람의 희생으로 가족 모두를 만족시키는 힘을 가졌다. 우리의 일상이 사소하고 단순한 행동의 반복으로 가정생활을 활기차게 만든다. 살아온 날들이 억울한 부분도 있지만, 의미와 보람이 있다. 집안의 노동을 짊어지고 태어난 여자의 자식에 대한 책임과 의무, 생활의 습관에서 닦아지는 게 분명히 있을 거다. 가사 일에 의하여 지속되어온 여자의 힘은 삶에서 빛을 내며 집안을 행복으로 이끌어간다.

세월이 흘러도 모녀간의 헌신적인 사랑은 변하지 않을 것이다. 딸은 살면서 점점 엄마의 삶을 닮아가는 게 신기하다고 한다. 엄마가 그랬듯이 나도 딸에게 말한다.

"내가 안 하면 네가 다 해야 하잖아."

내비게이션에 밀린 하루

내비게이션은 운전자들의 필수품이 되었다. 처음 가는 길에는 당연히 필요하고, 애매한 길에서 혹시나 헤매는 시간을 피하고자 사용한다.

점심 약속이 있어서 집을 나섰다. 미리 나가는 버릇이 있어 집에서 15분 걸리는 거리를 30분 전에 나갔다. 처음 가보는 장소여서 내비게이션을 켜놓고 출발했다. 내비게이션은 또박또박 말을 잘한다. 믿고 따르는 나의 조력자다. 그런데 15분이 지나고 20분이 가도 약속한 레스토랑은 보이지 않고 이상한 곳에서 좌회전하라고 한다. 철길 가까이 허름한 공장지대로 들어가고 있었다.

지인이 추천한 근사한 레스토랑은 이런 곳에 있을 수가 없다. 그래도 내비게이션은 실수한 적이 없으니 의심이 됐지만 불러주는 데로 갔다.

후미진 구석에 홈리스의 텐트가 즐비하게 있는 골목이었다. 새로 산 지 일주일도 안 되는 고급 차를 끌고 들어가니 의아한 지 그들은 하나둘씩 텐트 밖으로 나와 쳐다보았다. 순간 불안하고 두렵고 무서웠다. 막다른 골목이라 차를 돌려 나오기도 쉽지 않았다. 그들은 길 한복판에서 텃세라도 하려는지 피해 주지 않았다. 핸들을 잡은 손에 진땀이 났다. 긴장한 채로 살살 옆으로 움직여서 겨우 빠져나왔다.

차를 세워 다시 내비게이션을 찍어보니 이번에는 더 엉뚱한 데로 끌고 갔다. 약속 시간은 이미 꽤 지났다. 돌고 돌아 큰길로 나와 다른 맵을 이용했다. 가리키는 데로 속도를 내어 가는데 지인한테서 전화가 왔다. 조금만 더 기다리라고 하곤 급하게 우회전, 좌회전시키는 데로 올라갔다, 내려갔다 나는 착실하게 말을 잘 들었다. 시간은 흘러 약속 시간보다 30분이 훨씬 지났다. 오늘따라 유명한 G내비도, 맵도 이렇게 골탕을 먹일 수가 있는지 이해할 수 없었다. 기계가 나를 시험하는지 아니, 기계의 농간에 내가 놀아나는지, 기분이 나빴고 기다리는 지인에게 미안했다.

내비게이션을 껐다. 그동안 내가 기계를 너무 믿었다. 이 지역을 잘 아는 친구한테 전화를 걸었다. 친구가 자세하게 안내해 주어 오던 길을 다시 돌아갔다. 쉽게 찾을 수가 있었다.

그곳은 너무 아름답고 특별한 역사를 가진 전통 있는 레스토랑이었다. 차를 세우고 레스토랑의 전경에 잠시 눈을 돌리며 마음을 진정시켰다. 먼 곳에 사는 지인은 나를 배려해서 집 가까운 레스토랑을 찾아서 만나자고 했던 것인데 45분이나 늦게 도착했다. 나는 긴장이 풀리고 반가운 나머지 울음이 나올뻔했다. 마치 이산가족이 만난 것처럼 부둥켜안고 가슴을 비볐다.

맛있는 점심을 먹으며 이야기를 나누는 사이에도 문득문득 내비게이션에 당한 게 화가 났다. 내가 언제부터 기계에 의존하고 살았는지 잠시 바보가 되었던 것을 애써 변명했다. 기계에 농락당한 기분이 들어 씁쓸했다. 많은 사람이 나처럼 기계에 의존하는 버릇이 생겨 실수 아닌 실수를 할 것이다. 문명이 발달할수록 인간은 기계에 밀려 머리를 쓰지 않는 것이 걱정이다.

얼마 전에도 기계에 밀린 경험을 했다. 집안에 설치한 시큐리티 알람 배터리가 다되어 회사에 전화로 주문하려고 했는데 컴퓨터가 알아서 들어간다고 한다. 만약 수동적으로 하면 컴퓨터가 말을 듣지 않고 오더도 늦게 된다고 하니 이제는 사람보다 빠르다는 것이다.

인간이 기계에 밀리는 세상이 과연 행복할 수가 있을까, 의문이다. 인간이 컴퓨터를 만들고 컴퓨터는 그 인간을 다루니 아이러니하다. 점점 스스로 할 수 있는 일이 멀어져 간다.

오늘같이 뜻밖의 문제가 생겼을 때 어떻게 차분하게 대응할 수 있을까에 대해 의문이다. 내일 일어날 일을 미리 걱정할 필요는 없지만, 앞으로 똑같은 실수를 반복하지 않는다는 보장이 없다. 인공지능 시대에서 아날로그를 찾을 수도 없고 AI에만 의지하여 편하게 산다는 현실에 걱정이 앞선다. 인간이 갖춘 모든 능력을 발휘해 세상을 발달시키는 것은 좋은 현상이지만, 현실의 변화가 두렵기도 하다.

내비게이션이 없던 시절에는 길을 익혀 찾아갔으며 나 자신을 의지하고 믿었다. 어디쯤, 어떤 건물이 나오는지 그 지형을 기억했는데, 요즘은 내비게이션의 말에 따라 운전하느라 주변의 환경이나 시설을 보지 못한다. 핸드폰에 전화번호를 입력해 사용하기에, 전처럼 전화번호를 외우는 암기력을 잃은 지 오래인 것과 비슷한 현상이다.

예상치 못한 실수를 겪고 난 후 온종일 편치 않은 기분이었다. 하루가 다르게 새로운 길이 생겨나고 건물들이 바뀌면서 복잡해진 환경 탓에 내비게이션 없이는 찾아가지 못하는 상황도 종종 있기에 멀리할 수가 없다.

실버세대를 사는 내가 앞으로 얼마만큼 컴퓨터를 다루어야 불편하지 않고 당당하게 세상을 살아갈 수가 있을까. 오늘도 슈퍼마켓에서 바코드가 없는 야채 때문에 셀프 계산대에서 잠깐 당황은 했지만, 깔끔하게 계산을 마쳤다. 기계와 친해져 가는 자신을 발견하곤 과연 시대에 맞는 삶을 살고 있는 건가 하며 웃는다.

5

거꾸로
가고 있는 나

거꾸로 가고 있는 나,

오늘이 내가 살아가야 할 삶에서 가장 어리고 젊은 나이다.

웃어도 하루, 울어도 하루, 감정 소비하는 데

시간을 쓰지 않기로 했다.

하루를 살아낸다는 게 얼마나 어려운 일인 줄 안다.

나이가 들면서 지혜롭고 현명하게 살아야 한다.

하루를 늙어 지나가지 않게 기억할 수 있는

하루가 쌓여가게 하자.

늙어가는 것이 아니라 나대로 노력하며

익어가는 것이라고 말하고 싶다.

소중한 것은 모두 내 안에 있다.

－본문 중에서

거꾸로 가고 있는 나

《스스로 행복하라》라는 책을 읽었다. 행복을 말하고 쓰기는 쉽지만, 느낀다는 것은 어렵다.

나이가 들수록 삶을 건강하고 보람되게 만들어야 한다는 생각을 하지만, 쉽지 않다. 65세가 넘어가면 금방 한 일도 까맣게 잊어버린다. 단어 하나 기억해내는 데 며칠이 걸린 적도 있다. 입가에서 맴돌면서 좀처럼 떠오르지 않는 몇 글자에 답답하면서 숨이 막히기도 한다. 몸 또한 자고 나면 아픈 데가 여기저기서 툭툭 치고 나온다. 아무리 멋있게 살려고 해도 늘어나는 주름살에 흰 머리카락으로 초라해져 가는 모습은 바꿀 수가 없다. 이렇게 살아서는 안 되는데 하면서 매일 반복의 연속이다.

코로나바이러스로 인해 집안에서만 생활하다 보니 움직임이 적고 사람과의 접촉도 없어 아이들과 전화하는 일이 많아졌다. 하루가 멀다고 전화를 걸어서는 "나갔다 들어오면 손을 자주 씻으세요. 사람들 만나지 마세요. 택배 물건 금방 만지지 마세요." 등 잔소리가 늘고 있다. 마치 손자들한테 하듯이 나한테도 똑같이 한다. 작은딸은 잔소리만이 아니라 꾸짖기도 한다.

"엄마는 시니어야, 가장 위험하단 말이야."

나는 이 말이 가장 슬펐다. 그렇지 난 시니어다. 사실 살아온 날들보다 살아가야 할 날들이 적어지고 있으니 맞는 말이다. 뉴욕에 사는 작은애는 이곳보다 코로나바이러스 감염이 심각하니 더 실감이 났을 거다. 딸의 잔소리를 관심과 사랑으로 받아들이려 하지만 섭섭함이 먼저 앞선다. 나는 아직 늙지 않고 그 자리에 있다는 마음을 헤아려 주면 좋을 텐데, 하고 혼잣말을 해본다.

앞으로 어떻게 변해갈지 모르는 나의 노년 생활이 그림처럼 머릿속을 지나간다. 행복하고 보람있게 노년기를 지낼 수 있다면 걱정이 없겠지만, 아픈 데도 많고 불면증으로 매일 밤 고통으로 보내는 나를 보면 '안 봐도 비디오'다. 100세를 바라보는 세상이 된 지금, 앞으로 어떻게 살아야 할 것인지가 내게는 숙제다. 나이가 하나씩 늘어날수록 잃어버리는 기억은 둘이다. 하루를 살아도 삶에 만족도가 있어야 한다. 그래야 내 인생에 가치가 있을 것이다.

나만 모르는 내 모습을 생각해보았다. 지인에게 상처받은 일, 다른 이에게 내 험담을 한 사실을 알고 며칠 동안 잠 못 잔 일, 딸의 한마디가 서러움으로 느껴지는 일, 나이 먹어가면서 웃어넘길 일도 오해로 남는 일 등은 나의 부족한 성품 때문일지 모른다. 사소한 뒷말 정도는 웃어넘기는 여유도, 오해를 이해로 바꾸어 판단할 줄 아는 넉넉한 마음을 갖고 싶다. 내가 꿈꾸던 나의 모습은 이런 게 아닌데 하면서 또 하루를 산다.

언제부턴가 혼자가 된 나는 딸들의 사려 깊은 관심과 보호 속에서 살아가고 있다. 마치 부모가 자식을 돌보듯이 나를 향한 딸들의 사랑으로 행복을 누리는 어미가 되었다. 삶의 모습이 바뀌었다. 엄마가 진정으로 행복하기를 바라는 딸들의 말, 무엇을 마음에 담아두랴. 흘러가는 시간에 그냥 늙어갈 것이 아니라 행복을 제대로 누리기 위해서는 딸의 말을 오해 없이 여유 있게 받아들이기로 했다.

거꾸로 가고 있는 나, 오늘이 내가 살아가야 할 삶에서 가장 어리고 젊은 나이다. 웃어도 하루, 울어도 하루, 감정 소비하는 데 시간을 쓰지 않기로 했다. 하루를 살아낸다는 게 얼마나 어려운 일인 줄 안다.

나이가 들면서 지혜롭고 현명하게 살아야 한다. 하루를 늙어 지나가지 않게 기억할 수 있는 하루가 쌓여가게 하자. 늙어가는 것이 아니라 나대로 노력하며 익어가는 것이라고 말하고 싶다. 소중한 것은 모두 내 안에 있다. 거꾸로 가고 있는 나의 모습을 챙기는 딸들의 효도를 여유롭게 받아들이며 그들의 사랑에 묻어가자. 살아온 만큼 깨달음이 더해지기도 하고, 지나온 세월을 되새기며 추억을 자양분으로 삼는 시니어의 삶을 즐기자. 이것이 내게 주어진 삶의 몫이 아닐까.

의심병

나는 의심이라는 병이 생겼다. 언제부턴가 보이스 피싱이라는 게 나타나서 수많은 사람을 괴롭히고 억울하게 만든다. 불안한 마음에 나는 아예 집 전화는 볼륨을 거의 들리지 않게 하고 받지 않는다. 가끔 핸드폰으로 낯선 번호가 뜨면 받지 않아서 중요한 병원 약속을 놓친 적이 있다. 지인 중에 집 전화로 외국인 전화가 왔는데 대충 알아듣고는 '예스, 예스'했다가 돈 40불을 뜯겼다고 했다. 그런데 다행히 그것은 어느 자선단체에 기부금이어서 덜 억울했다고 해서 웃은 적이 있다.

얼마 전, 이사했기에 전기세를 자동으로 결제하기 위하여 인터넷을 열고 사이트에 들어가 로그인했다. 결제된 후 무언가 다르다는 의심이 들었다. 은행에 전화해 전기요금 지불정지를 하고, 이메일을 열어보니 벌써 페이먼트가 결제되었다. 수수료 $3.99까지 빠진 후였다.

이게 웬일인지 난 분명히 DWP로 들어가 로그인했다. 나중에 안 일이지만 사기는 아니고 페이먼트를 대신해주고 수수료를 챙기는 에이전시 같은 사이트였다. 인터넷이 발달하다 보니 별별 사이트가 다 생겨 돈을 벌고 있다. 사인도 하지 않았는데 은행에 전화하는 순간 이미 내 계좌에서 지불정지 요금 $33이 빠져나갔다. 성격이 급한 탓에 하루 사이에 $37이 없어졌다.

가끔 정부 웹사이트 들어가면 각종 사이트가 따라붙는다. 알려진 인터넷 회사에서 운영하는 대행 업무를 해주는 여러 온라인 서비스 회사들이 많아졌다. 서류도 간단하고 바로 전달되는 편리함이 있기도 하지만, 수수료가 붙는 것을 몰랐다. 일을 그만둔 지도 십여 년이 넘어 인터넷으로 이메일 보내고 글쓰기 정도지 그 이상을 다룰 일이 많지 않았다. 그 일이 있고 난 후 의심병이 생겨서 인터넷으로 주문하는 것을 자제하고 외국인 전화는 무조건 받지 않는다. 전혀 알아듣지 못하면 실수가 없는데 대충 알아듣는 게 문제일 수 있다. 어제와 나를 비교해보면 문명이 발달한 이 시대에 많이 뒤처져 있는 자신을 깨닫는다.

며칠 전 모르는 사람들로 연달아 두 통의 카톡 문자가 왔다. 얼굴도 순해 보이는 각각 다른 그들은 남자들이었다. 프로필도 확인할 수 있고, 얼굴 사진도 보이는데 일방적으로 계속

오는 문자에 의심이 갔다. 그들은 하나같이 똑같은 문자를 보내는데 마치 AI가 조작된 글을 만들어서 보내는 것 같았다. 바로 블록을 하고는 카톡 사이트에 리포트를 했다. 어떻게 나한테 보내게 되었는지 지금도 궁금하다. 그들은 내가 누구인지도, 얼굴도, 이름도 모르면서 보내온 것이다. 세상이 점점 미궁 속으로 빠지게 한다. 모든 게 의구심만 커지게 만든다.

요즈음 즐기는 SNS(Social Network Service)가 주변 사람들에게 자신이 하는 일을 알리고 공유하는 것이다. 나는 특별히 공유할 게 없어서 어쩌다 하지만, 사람들은 매일 글도 쓰고, 사진도 올리며 즐기고 있다.

작년에 한국에 나갔을 때 친정엄마만 뵙고 바로 오려고 했다. 무심코 카톡으로 친구한테 보낸 안부 문자 때문에 친척들이 알아버려 곤욕을 치른 적이 있었다. 그 후론 공유하는 매체는 거의 하지 않고 있다. 스스로 믿고 추진하는 능력도 필요한데 실수를 반복할까 봐 망설이곤 한다.

시대에 맞추어 아름답게 만들어갈 날을 의심병으로 머뭇대며 살아가고 있다. 현실에 적응을 잘하면서 슬기롭게 대처해 나가는 것도 내가 가야 할 과정이다. 살아가면서 쉽게 해결하지 못하는 의심병은 부딪혀 면역이 생기며 눈과 귀가 열리는 것이 치료제가 아닐까.

숫자에 불과한 나이

'나이는 숫자일 뿐, 내 나이가 어때서,' 요즈음 가요 중에서 히트 친 노래 제목이다.

누군가를 처음 만나면 상대방의 이름보다 나이를 궁금해하는 습성이 우리에게 있다. 미국에 와서 처음 만난 사람이 이웃집 외국 노인이었다. 이름을 물어보더니 "Nice to Meet You, Kim!"했다. 그다음에 만날 때에도 "Hi! Good Morning Kim?" 이웃집 할머니는 한 번도 내 나이를 물어보지 않았다. 한국 사람은 남자나 여자나 통성명 후에는 "몇 년생이세요?" "무슨 띠세요?" 으레 물어보는 말이다. 나이를 묻고 곧바로 호칭 정리를 한 후 형님, 언니로 정해진다. 쉽게 친해져서 좋은 점도 있지만, 낯을 가리는 나는 불편하다.

외국인은 상대방의 나이를 묻지 않는 대신에 꼭 이름을 물어본다. 애나 어른이나 할 것 없이 이름을 불러댄다. 큰딸이 여섯 살 때 이웃에 니나라는 친구가 있었는데 날 보면 꼭 이름을 불렀다. 처음엔 기가 막혀서 대꾸를 안 했다. 건방지게 어디서 어른 이름을 함부로 부르나 했다. 이곳에선 어른이나 애할 것 없이 이름을 부르니 적응하는 데 시간이 걸렸다.

결혼 후에 아무도 이름을 불러주는 사람이 없었다. 큰딸 이름이 애니여서 애니 엄마라고 불렸다. 언젠가부터 본명은 사라지고 영어 이름만 불려 이제는 익숙한 외국 여자 이름으로 살아가고 있다.

나이에 상관없이 애나 어른이나 마구 불러대는 나의 영어 이름이 이젠 한국에서도 통한다. 디자인 전공을 하기 위해 이곳에서 대학을 다녔다. 이십 대 안팎의 학생들과 어울려서 강의를 듣는데 단 한 명도 나이를 물어본 사람이 없었다. 다만 한국 이름이 발음하기가 어려우니 쉬운 영어 이름을 교수가 부탁해서 만든 게 지금의 이름이 되었다.

늦은 나이에 시작한 공부지만 영어를 하는 젊은 그들보다 우수한 성적으로 졸업을 했다. 정말 나이는 숫자일 뿐이라는 생각이 들었다.

뒤늦은 나이에 졸업하고 취업해서 4년 후에 내 개인 비즈니스를 시작했다. 어려움이 많았지만, 자신과 싸움에서 승리한 기분이었다. 만약 한국에 살았다면 엄두도 못 냈을 뿐, 주위에서 늦은 나이에 시작하는 것을 반대했을 것이다. 나이를 물어보지 않는 이곳에서만 가능했다. 평생 배울 수 있고 나이와 상관없이 일할 수 있는 이곳에 사는 것이 감사하다.

한국에선 일할 수 있는 능력에도 명예퇴직하는 바람에 아내의 눈치를 보는 남자가 많다고 들었다. 이곳에서는 크게 중요하지 않기에 물어보지도 않지만, 혹은 알아도 굳이 기억하지 않는다. 미국에서는 철저하게 아이디를 확인한 후에 술과 담배를 판다. 우리 큰애는 나이가 마흔이 넘었는데도 어리게 보이는 외모 탓에 아이디를 요구해서 귀찮다고 한다. 손자들이 옆에 있는데도 꼭 아이디를 요구한다고 한다.

나이는 숫자일 뿐이라고 생각하려면 열심히 건강 챙기며 여행과 하고 싶은 일로 몸과 마음의 젊음을 유지해야 한다.

신인상

올 한 해도 내일이면 끝이 난다. 다시 한번 지나온 시간을 돌이켜 보니 기억나는 일이 별로 없는 것 같다. 그저 조용히 한 해가 마무리되고 있다. 이맘때면 한국 T.V 방송에선 연예인들의 시상식이 방영된다. 신인상을 받는 수상자들은 모두 뜻밖의 일이라고 한다. 수상 소감을 준비 못 했다며 울먹울먹하다가 숨 한 번 크게 쉬고 또박또박 말을 잘한다.

그중에 턱시도를 멋지게 차려입은 젊은 배우가 담담하게 신인상은 일생의 단 한 번 받는 상이라서 아주 의미 있고 자랑스럽다고 한다. 그리고는 앞으로 더 잘하라고 주는 상이니 최선을 다해 실망시키지 않을 거라며 많은 관중 앞에서 다짐하는 모습을 봤다. 순서가 바뀔 때마다 상을 받은 배우들의 첫마디가 가슴이 터질 것만 같다고 한다. 여배우가 한 말 중에 신인상은 어느 남자보다 내 가슴을 뛰게 하는 상이라고 했다. 그리곤 배우들이 가장 원하는 상이라고 한다. 시상식은 지켜보는 사람들이 더 긴장된다. 지켜보는 이들도 떨리기는 마찬가지다.

'재미수필문학가협회' 신인상을 받았을 때가 생각났다. 그때 수상 소감은 잘 기억나지 않지만, 신인상 입상 소식을 듣는 순간 세상이 바뀌는 것 같았다. 가슴이 벅차고 뛰는 걸 느껴보지 못한 사람은 모를 거다. 그런 행운이 주어진 만큼 최선을 다해 앞으로 좋은 글을 더 많이 쓸 것이라고 했다. 그렇게 다짐했던 게 엊그제 같은데 까맣게 잊고 살았다.

세상에는 시간이 한참 지난 뒤에야 보이는 것들이 있다. 인생에서 가장 빛나는 순간은 열정을 잃지 않고 끊임없이 도전하는 것이다. 의미 있는 삶을 위하여 무엇인가를 새로 시작한다는 게 그렇게 쉬운 일은 아니었다. 꿈과 희망으로 열정을 갖고 다짐했던 그때를 잊고 살았다.

그동안 한 번도 나를 제대로 돌아보고 느껴본 적이 없었다. 나이만큼 인격이 완성된다고 믿으면 오산이다. 날마다 실수의 연속이고 하루가 지나면 또 후회한다. 내 뜻대로, 내 맘대로 살아온 날이 바뀔 때가 되지 않았나. 세상과 어울리는 지혜를 가지는 것이 현명하게 사는 방법이다. 생각하고 행동하면 습관이 되고 그러다 보면 한 사람의 인격이고 운명이 만들어질

거다.

아직 살아가야 할 날이 많기에 무엇이든지 다시 시작해야 한다. 누군가 '청춘은 인생의 어떤 기간이 아니라 마음가짐'이라고 말했다. 자신의 마인드가 젊으면 칠십이나 팔십이라도 꽃다운 20대라는 것이다. 인생은 나이가 들면서 시드는 게 아니라 열정을 잃을 때 시들어 가는 것이다.

2016년도 12월을 아쉽게 보내며 새해에는 실천하기 어려운 결심 몇 가지를 적어본다.

신인상을 받고 수상 소감에 좋은 글을 쓰겠다고 했다. 신인상은 일생에 단 한 번 받는 가치 있고 의미가 있는 상인 만큼 그때의 기억을 잊지 않을 것이다. 초심으로 돌아가 내 삶을 멋지게 수필로 엮어보려 한다. 뜨거운 박수를 받고 퇴장하는 영광이 내게도 오리라 생각하며 영원히 남길 그날을 기대해본다.

내가 만약 배우라면

무더운 여름이다. 해마다 이맘때면 무기력해진다. 냉커피 한 잔을 들고 T.V를 켰다. 화면 속에는 중년의 우아한 여인이 중후한 남성과 대화를 하는 장면이 나왔다. 두 주인공은 자연스럽게 연기를 아주 잘한다.

잠시 '내가 여주인공이라면' 하는 상상을 해본다. 감미로운 노래로 사랑을 고백받고, 힘든 순간에 위안을 얻으며, 가슴 깊숙이 자리한 사람과 추억을 만들어내는 드라마라면 좋겠다. 살아오면서 한 번도 애틋한 사랑을 경험하지 못했기에 내가 만약 배우라면 최선을 다해서 연기할 것이다. 마음속에 숨겨 두었던 끼를 끄집어내 열정적인 연기를 한다면 관객들에게 공감을 얻지 않을까. 비록 드라마지만, 배우의 입을 통해서 감정과 행동이 사람들에게 대리 만족을 주지 않을까. 사랑은 보이는 것이 아니라, 느끼는 것이기에 가슴속에 묻혀있는 감정과 기억을 꺼내어 표현한다면 아름답고 멋진 사랑이 되리라. 생각만 해도 짜릿함을 느낀다.

나이가 들면서 포기해야 하는 것들이 많아졌지만, 감각은 남아 있다. 내가 만약 배우라서 관객들에게 좋은 인상과 호감이 가는 역할을 했다면 많은 사람이 인정해 주고 공감해 주지 않을까. 또한, 독기가 있는 악역을 한다면 체면 때문에 감히 상상도 못 했던 행동과 막말로 스트레스를 풀 수도 있다. 주위에 공격의 표적이 되기도 하겠지만, 어차피 연기는 연기일 뿐이니 이 또한 즐기면 된다.

재미있고 흥미 있는 배우라는 직업에 새삼 욕심이 난다. 매번 다른 사람의 역할을 하면서 삶을 변화시키는 게 소중한 것 같다. 무대를 통해서 여러 사람의 인생을 표현한다는 것이 멋지다. 현실과 가상의 삶 속에서 경험하는 시간을 함께하는 게 삶의 질을 상승시키지 않을까. 천의 얼굴로 사는 배우가 되어 여러 종류의 드라마를 경험하면서 참된 삶의 지혜를 얻을 수도 있을 것이다. 지혜는 삶의 체험 속에서 얻을 수가 있다고 본다. 남의 삶을 대변하다 보면 나의 삶도 변화되고 새로운 인생의 도전이 아닐까. 연기로 수많은 남의 삶을 표현해낼 수 있으니 배우가 되어 인생의 많은 희로애락을 경험해보고 싶다.

만남, 사랑, 이별, 용서가 우리의 인생이라면 그 안에서 감정을 표출해 내는 것이 배우다. 내가 어떤 모습으로 살아가는지 돌아보게 된다. 감정을 표현하며 사는 사람과 묻고 사는 사람이 있다. 연기자로 내 안에 잠자는 감각들을 다 깨워 하나하나 꿈틀거리게 했으면 한다. 집중하는 연기자의 눈빛, 표정, 자신감 있는 행동을 보며 잃어버린 나를 찾는 작업도 멋지다고 생각한다. 때로는 상대에게서 느끼는 신선한 설렘 또한 활력소가 될 것이다.

고통을 겪어봐야 행복을 안다고 어느 정신과 의사가 말했다. 고통을 적게 겪은 사람보다 제대로 겪어낸 사람이 행복을 안다는 말이다. 많은 경험으로 터득한 지혜가 진통을 이겨내고 바로 설 수 있게 하는 데 도움이 된다. 내가 만약 배우라면 능수능란하게 맡은 역을 소화해 내서 시청자에게 카타르시스를 느끼게 해서 함께 울며 웃고 싶다. 나도 그 안에서 내가 살아보지 못한 타인의 삶에서 참 인생의 맛을 깨달으면 좋겠다. 극이 종영된 뒤 난 단지 배우였을 뿐이니 훌훌 털고 또 다른 역에 도전하면 그뿐이다.

우리는 모두 각자 배역을 맡은 배우가 아닐까 생각한다. 유독 어떤 이는 힘든 역을 맡아서 힘들게 사는가도 싶다. 내가 만약 인생을 다시 살 수 있다면 배우라는 직업에 도전할 거다.

매 순간순간이 무의미하진 않을 테니까.

　배우. 그 존재 자체만으로 사람들에게 기쁨을 주기도 하니, 해볼 만한 매력적인 직업이다. 무기력하고 지루했던 시간을 잠시나마 내 마음에 새로운 바람이 스쳐 갔다.

　한 모금 마신 냉커피가 나의 속을 시원하게 한다.

아픈 손가락 같은 친구

나에게는 여러 친구가 있다. 그중 아픈 손가락처럼 가끔 나를 힘들게 해 잘라내고 싶어도 자르지 못하는 친구가 있다.

사람의 인격은 존경과 사랑을 받을 때 나타나는데, 친구는 어렸을 때 부모의 이혼으로 친척의 손에서 눈치를 보며 자랐다. 항상 세상을 부정적인 시선으로 보고, 그 마음속에는 두려움과 분노와 슬픔이 깃들여 있다. 조금 더 긍정적인 시선으로 보면 행복해질 수 있는데 그런 그녀가 안타깝다. 남을 칭찬하기보다 단점을 먼저 본다. 생각 없이 말을 너무 쉽게 해 주위 사람이 상처받는데 정작 본인은 알지 못한다. 가시가 돋친 말을 하고 또 옮기기도 해 그녀 주위엔 사람이 없다. 진심 어린 조언은 들으려 하지 않으며 자신의 말이 옳다고 판단하니까 늘 외롭다. 본인이 베푼 것은 말하고 다니면서 상대에게 받은 건 기억에 없다. 만나고 헤어졌을 때 뿌듯함보다 늘 서운함이 앞선다. 나와 그녀는 습관처럼 오랫동안 지내온 친구여서 나쁜 버릇도 쉽게 넘기고는 했다. 가끔은 충고도 배려로 받아들여야 서로 조화로운 관계로 이어져 좋은 친구로 남을 텐데. 충고도 관심과 사랑이 있기 때문이라고 받아들이면 좋겠다.

내가 이 세상에 태어나/ 수없이 뿌려놓은 말들이/ 어디서 어떻게 열매를 맺었을까/ 조용히 헤아려볼 때가 있습니다./ 무심코 뿌린 말의 씨라도/ 그 어디선가 뿌리를 내렸을지도 모른다고 생각하면/ 왠지 두렵습니다./ 더러는 허공으로 사라지고/ 더러는 다른 이의 가슴속에서/ 좋은 열매를 또는 언짢은 열매를 맺기도 했을 언어의 나무.

　　　　　　　　　　　　　　　　　－이해인 님 〈말을 위한 기도〉

말과 행동을 할 때 한 번 더 생각하면 좋겠다. 대부분의 말실수는 자제력의 부족함에서 온다. 잠깐 한쪽이 참으면 위기는 넘긴다. 신중히 생각하고 판단하는 습관을 길러야 한다. 내가 믿고 한 말을 문제 삼아 옮긴 나쁜 버릇도, 남의 약점을 들추기 전에 자신을 먼저 돌아보면 안 될까. 가깝다는 이유로 모든 것을 이해해 주기를 바라면 안 된다. 그건 큰 이기심을 불러일으킨다. 친구의 사소함이 주는 행복도 소중하다. 주위에 마음을 나눌 수 있는 친구가 없다면 불행한 삶이다. 만족스러운 인생을 살려면 친구가 필수라 신중하게 생각해야만 한다.

오랫동안 만나지 못해도 마치 매일 보는 사이처럼 가깝게 느껴지고 서로의 충고에도 오해가 없는 친구가 있다. 핸드폰으로 문자를 주고받으며 삶의 지혜를 공유하거나 서로의 안부를 나눌 때 정을 느끼게 하는 친구도 있다. 늘 마음속에서 진심으로 믿고 의지하게 된다.

수십 년을 만나도 변함없이 활짝 웃으면서 안아주는 친구는 평생을 남에게 베푸는 것을 당연히 해야 할 일이라고 말한다. 마음속에 가득 차 있는 이기심이나 욕심을 버릴 때 행복하다고 한다. 베풀면서 살아온 그녀의 화목한 가정을 보며 주위에서 부러움을 산다.

인생은 짧다. 좋은 생각, 바른 행동을 하기에도 시간은 부족하다. 나는 그들에게 과연 어떤 친구일까를 생각해보았다. 상대가 나에게 맞추기 바라지 말고, 내가 그들에게 맞추도록 노력한다면 친구는 저절로 끌려올 것이다.

우정을 지키는 것은 새로운 친구를 사귀는 것보다 더 중요한 일이다. 우정은 공동의 즐거움이 있어야 하고, 이익을 생각하지 않으며, 서로 간의 아픔까지도 품어야 한다.

아픈 손가락 같은, 마음이 아픈 친구도 나에게 소중하다. 내 마음속으로 품을 수밖에 없는 영원한 친구이기도 하다. 문득 찰리 렌즈보로의 〈My Forever Friend〉가 듣고 싶다.

사랑의 흔적

우리 집에는 오래된 물건이 많다. 돈으로 환산하면 얼마 되지 않지만, 그 안에 내 삶의 흔적과 의미가 담겨 있어 소중하다. 그것 중 정종 잔과 작은 탁상시계는 나의 사랑을 듬뿍 받는다.

시집올 때 할머니께서 빨간색의 정종 잔을 선물로 주셨다. 나이로 따지면 내 나이보다 훨씬 오래된 골동품이다. 할머니도 아주 오래전에 할아버지한테 선물로 받으신 것이다. 외동딸 고모에게도 안 내어놓을 만큼 아끼던 것을 내게 챙겨주신 것이다. 할머니는 둥근 함지박과 찻잔도 주셨지만, 이민 올 때 가져오기 편한 정종 잔만 가져왔다. 그 다섯 개의 정종 잔들은 장식장 안에 옹기종기 모여 앉아 있다. 이민 생활을 하면서 여러 번 이사할 때마다 꼭 챙겨온 예쁘고 귀여운 잔이다.

할머니는 첫 손녀인 나를 유독 예뻐하셨다. 아버지가 군인

이어서 잦은 이사로 학교를 옮겨야 했기 때문에 나는 어려서 부터 할아버지와 할머니 손에서 자랐다. 초등학교 일학년 때 부터 함께 살아온 것 같다. 소풍도 머리를 쪽진 할머니가 따라 오셨고 운동회와 학부모회도 두 분이 나누어 담당하셨다. 교 육을 받으신 할아버지와 글을 모르는 할머니지만 교육열과 정 성은 이루 말할 수가 없었다. 그 후로 아버지가 제대하고 함께 살았는데 나는 어머니 음식보다 할머니 것이 맛있다고 했다.

할머니는 내가 미국에 이민 오기 일주일 전에 식구들 모인 자리에서 쓰러져 회복하지 못하고 떠나셨다. 내겐 충격이고 큰 상처였다. 애지중지 키운 손녀딸이 물 건너 낯선 땅으로 가는 것이 서운하셨나 보다. 슬픔은 오래갔다. 허탈한 마음은 이곳에 와서도 그리움으로 시도 때도 없이 눈물을 흘렸다. 지 금도 할머니의 음식 맛이 그립다.

할머니 생각이 날 때마다 빨간 정종 잔을 만져보곤 한다. 할머니의 가르침은 내 삶의 자양분이 되었다. 할머니의 헌신 과 실천적인 삶을 통하여 나는 곱게 자랐다는 말을 들었다. 손녀를 향한 조건 없는 희생과 정성이, 할머니에 대한 사랑과 존경심을 갖게 되었다.

아기 손보다 작은 탁상시계는 또 다른 나의 소중한 물건이 다. 남편이 결혼할 때 가져온 것인데 형들이 쓰다가 물려받은 것이다. 늦잠꾸러기 남편을 아침에 깨워주는 역할을 하던 시계다. 몇 번의 이사를 하다 보니 배터리 갈아주는 문이 떨어져나갔다. 행여나 배터리가 빠져나갈까 봐 항상 염려했다. 몇 번을 버리려고 했지만, 남편이 유독 아끼던 것이어서 망설이며 제자리로 돌려놓고는 했다. 그는 다양한 종류의 시계를 사모으는 취미가 있었다. 비싼 것보다 시간은 더 정확해서 화장대에서 매일 시계를 보며 얼굴을 만진다. 떠난 사람에 대한 그리움인지도 모른다. 그가 소중히 다루던 물건이고, 그의 아침을 열어주던 것이어서 남편의 손길을 느끼고 싶은 내 속마음이 붙잡고 있었나 보다.

그렇게 정종 잔과 시계는 내 인생과 함께하는 동반자다. 정종 잔은 할머니여서, 탁상시계는 남편이어서, 내가 살아 있는 동안에는 못 버리고 지닐 것이다.

식탁에 앉으면 할머니가 생각나는 정종 잔이 눈에 띄고, 화장대에 서면 남편의 탁상시계가 보인다. 밖에 내놔도 아무도 쳐다보지 않을 물건들이지만, 내겐 세월이 함께한 사랑이다. 할머니와 남편이 남겨준 유일한 역사다. 내가 살아온 세월 속에 고여있는 많은 슬픔을 말해 주고, 받은 사랑도 영원히 사라지지 않을 것이다. 그때가 그리울 때면 이 물건에서 그들의 냄새를 상상한다.

훗날 딸에게 주고 싶은데 관심 없는 딸은 그 귀중함을 전혀 이해 못 한다. 내가 아끼고 위하는 물건을 이젠 그만 버리라고 한다. 그렇지만 정종 잔과 탁상시계만은 세상의 무엇보다도 더 귀하다. 그 안에 내 삶의 흔적이, 혈육 간의 사랑이, 부부간의 못다 이룬 정이 담겨 있기 때문이다.

6

봄의 거리에서

3월은 내가 결혼한 달이다.

친정엄마가 시집가는 딸의 백년해로 염원을 담아

따뜻한 봄에 좋은 시간을 잡아주었다.

그 바람과 달리 남편은 지금 하나님 곁에 있질 않은가.

시간이 흐르면 기억도 희미해지리라 생각하지만,

때때로 그리움이 밀려온다.

그리워함을 사랑이라 말하고 싶다.

눈을 감으면 행복했던 순간들이 떠오르면서

함께한 그 시간이 아쉽다.

－본문 중에서

봄의 거리에서

3월의 시가지는 마치 안개가 낀 듯 뿌옇게 흐려있다. 금방 하늘에서 빗방울이라도 뿌릴 것같이 궂은 날씨다. 내 어깨도 축축한 공기에 눌려 힘없이 늘어진다. 안경조차 무거워 거북 스러운 오후다.

할리우드 거리로 나섰다. 시애틀에서 온 친구와 차이니스 극장 앞에서 만나기로 했다. 언제나 그렇듯 할리우드 거리는 사람의 행렬로 붐볐다. 나도 그 무리 속에 휩싸여 길을 걷는 다. 여기저기 온통 영화 속의 인물로 분장을 한 사람이 사진을 찍자고 포즈를 취하며 발길을 막는다. 새로운 형태의 구걸이 다. 입안이 씁쓸해지며 나도 모르게 바지 주머니에 손을 넣었 다. 잡히는 것은 언젠가 넣었던 낡은 세탁소 영수증과 구겨진 휴짓조각뿐. 하기야 언제 입었는지 기억조차 나질 않는다. 영 수증은 작년 3월 18일이다.

3월은 내가 결혼한 달이다. 친정엄마가 시집가는 딸의 백년 해로 염원을 담아 따뜻한 봄에 좋은 시간을 잡아주었다. 그 바람과 달리 남편은 지금 하나님 곁에 있질 않은가. 시간이 흐르면 기억도 희미해지리라 생각하지만, 때때로 그리움이 밀려온다. 그리워함을 사랑이라 말하고 싶다. 눈을 감으면 행복했던 순간들이 떠오르면서 함께한 그 시간이 아쉽다.

흩어진 기억을 모아 본다. 이맘때면 제주도에는 유채꽃이 만발하고 친구들이 하나둘 결혼한다는 연락을 주었다. 매섭고 차가웠던 겨울이 지나면서 메마른 내 가슴이 서서히 봄빛에 젖어 들었다. 봄바람에 흔들리는 프리지어에 신선한 향기와 더불어 들려오는 봄의 소리는 내 마음을 설레게 했다.

그동안 친구에게 너무 소홀했다는 생각이 든다. 그녀가 이곳을 다니러 올 때나 반가움에 들뜨다니. 난 그저 바보처럼 걸어만 가고 있다. 친구의 웃는 모습이 보고 싶어 걸음을 재촉한다.

친구는 지금쯤 후덥지근한 극장 앞에서 나를 기다리겠지. 하늘은 회색빛으로 점점 어두워 온다. 유치환의 〈그리움〉이란 시구가 떠오른다. '오늘은 바람이 불고 나의 마음은 울고 있다….' 무표정한 사람들의 얼굴을 하나씩 읽어가며 자문자답해 본다. 어떤 이는 눈이 마주치면서 미소를 짓기도 하지만,

아주 무표정한 모습으로 지나치는 사람도 있다. 피식 혼자 웃음이 나온다.

약속 장소에 왔다. 아직 친구는 오지 않았다. 길옆의 상가에선 손님을 모으려고 요란한 음악을 틀어 놓았다. 한편으론 속 시원한 절규 같아서 오히려 기분이 가볍다. 오늘따라 모든 사람이 거리로 몰려나온 듯싶다. 빗방울이 내리기 시작했다. 행인들은 미모사 이파리처럼 옷깃을 올리고 총총히 흩어져 간다. 빗방울이 점점 굵어진다. 내 기억 속의 봄은 여러 모습으로 남아 있다. 사랑하는 이와의 꿈결 같은 삶의 시작이기도 했다.

오랜 시간이 지나 오늘 이곳에서 맞는 봄은 내게 무엇을 말해 주는가. 계절은 어김없이 오지만 마음의 봄은 만들어야 온다는 말을 새롭게 실감한다. 닫혔던 마음을 친구와 함께 새롭게 맞이해볼까. 떨어지는 빗방울은 내 마음을 젊은 시절의 3월로 돌아가게 만들어 준다.

깨달음의 종소리

시간을 알리는 교회 종소리가 멀리서 은은하게 전자음으로 울려 퍼진다. 이 집에 이사 온 지도 벌써 일 년 반이 지났다. 모든 게 낯설고 서툴지만, 종소리만은 익숙해져서 기다려진다.

도심 속 교회 종은 소음 문제로 사라진 지 오래고, 사람이 직접 종을 치는 소리가 아니어서 아쉽기는 하다. 소리가 사라져 가는 세상이 된 지금, 종소리는 그리운 기억으로만 남는다.

교회 종소리는 복음을 전파하는 목적도 있지만, 삶에 지친 영혼을 달래주기에 더 정겹다. 청아하고 은은한 멜로디로 도시의 틈새 안으로 스며들어 우리 곁에 머문다.

산 중턱에 자리 잡은 교회당. 새로운 도시를 감싸고 보호하듯 내려다보며 시간이 되면 어김없이 종소리가 울려 퍼진다. 새벽녘에 울리는 종소리는 전날 답답했던 가슴을 활짝 열어주고 새로 시작하라며 격려하는 듯하다. 낮에는 삶의 소리로 들려오고, 저녁에는 바람과 함께 풀잎을 누비며 깨달음의 소리로 더욱 울림이 크게 들려온다. 바쁜 일상에서 소중한 무언가가 빠진 것 같은 허전한 마음에 감동을 주고 깨달음의 기쁨을 느끼게 한다. 따뜻하고 진한 사랑의 소리, 누군가가 나를 걱정해주고 지켜준다는 생각이 든다. 어떤 날은 뜨겁게 내 귀를 지나 시린 가슴을 감싸준다.

종소리는 그동안 알게 모르게 지은 죄를 잠시나마 회개하게 만든다. 인간은 본능적으로 욕심이 마음에 자리하고 있기에 잘 조절하면 죄를 덜 짓지 않을까 생각한다. 기도와 명상 또 의지로 노력한다면 성공한 것인데, 깨닫지 못하고 사는 게 인간이다. 사람은 언제나 자기에게 부족한 것만을 생각하고 욕심을 쫓아 살아간다.

'내가 남에게 준 것은 내 것이고 내가 남에게 주지 않으려 애쓰는 것은 내 것이 아닌 남의 것이다.'라고 들었다. 시간은 화살처럼 빠르게 우리 곁을 지나간다. 후회 없는 삶을 살았으면 하는 바람이다. 삶이 바람결에 우습게 흩날리는 나뭇잎이 되어서는 안 된다. 삶이 내 안에서 빛을 향해 구체적으로 변해야 하기에 회개하고 기도한다.

힘들고 어려운 일을 스스로 감당하는 능력이 없기 때문일까. 잠시 삶에 지쳐있거나 육신이 아플 때는 종소리가 전혀 들리지 않는다. 부정적인 마음 안에는 기쁨이 생길 수가 없듯이 종소리의 울림이 내 안에서 깨닫지 못하고, 깨달음이 없으면 귀가 열릴 수가 없다. 내 삶 속에 스며드는 생명, 빛과 같은 영혼의 울림, 내 안의 가슴속에서 숨 쉬고 있는 존재다.

빛과 사랑의 종소리가 하루를 열어주고 또 하루를 마감하게 해준다. 울림을 주는 소리가 시간 맞추어 들리면 내 가슴속에 작은 나라가 이루어진다. 사랑으로 인간을 만나게 하는 최초의 교감이 되기도 한다. 종소리는 늘 이렇듯 내 가슴속을 파고든다.

가끔 힘들고 지쳐 아무것도 하기 싫고 무기력해졌을 때 들리는 종소리는 내게 깨달음과 활력을 주기도 한다. 코로나바이러스로 집안에 갇혀서 지내다 보니 은은한 전자음의 멜로디가 마음이 정화되는 것을 느낀다. 때로는 그 소리에 가슴이 벅차오른다. 아주 천천히 5분을 넘게 느릿하게 계속 울리는 정감 있는 소리, 투명한 소리, 아름다운 소리, 언제부턴가 그 종소리에 귀 기울여진다.

우리 함께 한곳을 바라보며 살았으면 하는 간절함이다. 오늘도 나의 메마른 가슴에 깨달음의 종소리가 울린다. 갑자기 숙연해진다.

세월이 흐르면 그리운 기억으로만 남을 아름다운 교회 종소리.

잭슨광장에 울려 퍼지는 재즈

미국 중부 인문학 기행 여정 중 마지막 날, 재즈의 고장인 뉴올리언스 프렌치쿼터에 갔다. 프랑스 통치 시절 피비린내 나는 처형장이기도 했던 이곳은 현재 재즈 뮤지션들이 모여 사는 장소다. 재즈의 고장답게 재즈로 출렁이는 곳이기도 하다. 도착하자마자 버번 스트리트에 있는 레스토랑으로 갔다. 입장료가 있는 재즈클럽과 함께 식사를 즐길 수 있는 곳이었다.

장시간 버스를 타고 왔음에도 불구하고 모두 와인을 곁들인 해산물 요리를 맛보며 행복해했다. 곧이어 신청곡인 네킹 콜의 〈언포게터블(unforgettable)〉이 나왔고 모두 환호성을 올렸다. 마치 그곳은 현재를 잊고 시간을 즐길 수 있는 곳이 아닌가 싶다. 음악의 도시답게 길거리 공연도 곳곳에 있었다.

프렌치쿼터는 뉴올리언스에서 가장 오래된 지역으로 테라스가 있는 유럽풍의 건물이 많이 보였다. 섬세하게 조각된 철

제 발코니가 프랑스의 어느 도시에라도 온 것 같다. 그러나 광장 곳곳에서 들려오는 재즈가 이곳은 미국의 뉴올리언스라고 말해 주고 있었다. 목화밭이 많아 노예의 역사가 시작된 곳으로 미시시피강을 통해 건너온 흑인 노예들은 백인들의 멸시와 시달림 속에서 음악에 삶의 고단함을 녹여냈기에 재즈가 왕성하게 발전할 수 있었다.

뉴올리언스는 프랑스와 스페인의 식민지였기에 다른 어느 곳보다 이국적인 풍경이 많다. 그 풍경이 주는 매력 때문에 수많은 관광객이 몰리는 것 같다. 거리에는 수많은 화가가 자기만의 독특한 감성과 화풍을 대중들에게 보여준다. 그 거리는 온통 각자의 실력을 뽐낼 수 있는 열린 갤러리가 아닌가 싶다. 그림을 그리는 그들의 캔버스를 기웃거리며 보았다.

기대했던 것만큼 잘 그렸다는 느낌이 오지는 않았지만, 그들의 모습이 참으로 신선하고 경건해 보였다. 일부 관광객들은 그림을 사기도 했다. 이들에겐 이 공간을 통하여 얻을 수 있는 의미 있는 시간이 아닐까 한다.

다음날 우리는 욕망이라는 이름의 전차를 타러 거리로 나갔다. 전차는 향수를 자아내는 마력이 있다. 도심의 문화와 역사의 공간을 이어주는 교통수단으로 인기가 높다. 속도는 느리지만, 이동 시간 동안 즐길 수 있어서 좋았다. 이 전차는 테네시 윌리엄스의 희곡을 영화화한 〈욕망이라는 이름의 전차〉에서 비롯된 이름이다. 비비언 리와 말론 브랜도가 주연이었던 영화 속의 거리를 연상케 해주었다. 마치 그때의 주인공인 양 우리는 그 전차를 탔다.

낭만과 음악만으로 행복한 오후에 갑자기 천둥과 번개를 동반한 소낙비가 쏟아졌다. 엘에이에선 느껴보지 못한 반갑고 시원한 폭우였다. 마치 하늘이 구멍이라도 난 듯 마구 쏟아져 내렸다. 일행 중 하나는 비를 그냥 맞으며 천진스럽게 폴짝거렸다. 폭우 속으로 가장행렬이 지나갔다. 가면 뒤에서 자신의 욕망을 숨긴 채 아무런 심각한 일도 없는 듯 그저 웃음을 퍼뜨리며 지나갔다. 사람들도 모두 그 신나는 북소리를 즐기며 빗속의 그들에게 손을 흔들어 주었다.

잭슨 광장에 울려 퍼지는 재즈에 미련을 접고 우리 일행은 그곳을 떠나왔다. 가끔 재즈의 선구자인 루이 암스트롱 노래를 들으면 내 마음은 그곳으로 달려간다. 재즈의 낭만과 예술이 넘쳐나는 곳. 자유와 욕망과 흥청거림이 골목 깊숙하게 스며있는 곳. 뉴올리언스 프렌치쿼터가 그립다.

세계에서 가장 젊은 나라, 베트남

여행의 시작은 설렘이다. 인천 공항에서 출발하여 베트남 다낭시에 도착한 비행시간은 다섯 시간이었다.

첫 방문지인 다낭은 베트남 중남부에 위치한 도시로 베트남에서 4번째로 큰 도시다. 상업이 발달했고 리조트와 호텔단지가 건설되면서 여행지로 급부상했다. 도시는 비교적 깨끗했고 공기가 맑고 습하다. 치안이 잘된 나라로 문화는 한국과 같다고 한다. 특이한 것은 교통 문화다. 오토바이에 맞추다 보니 운전 규칙이 따로 없고 역주행부터 시작이다. 전쟁의 아픔을 겪은 후 노인보다 젊은 사람이 많은 나라다.

1달러가 23,000동이다. 미국 교포한테는 아주 유리하다. 여행을 계획한다면 되도록 건기(3월~7월)에 일정을 잡는 것이 좋지만, 나는 우기(8월~2월)인 12월에 갔다. 5성급 호텔은 크고 깔끔했고 음식도 한국인 입맛에 잘 맞았다.

다음날 버스로 30분을 이동하여 호이안으로 갔다. 세계 10대 아름다운 도시로 유네스코에 등재된 곳이다. 80년대 인사동을 연상케 하는 구도시로 등불이 밝히는 낭만의 밤도 즐길 수 있었다. 인력거인 '씨클로'로 옛날 거리를 구경했다. 투본강의 야경을 즐기면서 쪽배를 타고 촛불을 강에다 띄우며 소원을 빌었다. 이곳은 신과 인간, 삶과 죽음, 역사와 문화가 숨 쉰다. 과거와 현재 그리고 미래가 공존하는 삶의 공간이다.

관광객은 거의 한국인이었다. 그래서인지 강 주변에는 한국 가요가 크게 울려 퍼지고 있었다. 화려한 등불과 먹거리부터 기념품까지 많은 인파로 북적대어 정신이 없었다. 나는 여행 기념을 남기기 위해 아오자이를 입은 여인 그림이 담긴 컵 받침 몇 개를 샀다.

올드타운에서 인상 깊은 '떤기고가'는 200년 된 고가인데, 지붕의 기와는 중국식, 처마의 장식은 일본식, 기둥은 베트남식 건축양식으로 지워진 집이다. 중국, 일본인들의 주거 문화가 반영된 호이안의 주택 양식을 볼 수 있다. 현재의 7대 후손이 거주하고 있다. 침실을 제외하고 관광객들에게 공개하고 있다. 특이하긴 했으나 비가 많은 나라여서 습도 때문에 건물 벽은 미관상 보기 안 좋았다.

마침 유네스코에 등재된 날이라서(1999.12.4) 입장료를 받지 않고 전통악기, 춤 등 민속공연도 관람할 수가 있었다. 중국의 영향을 많이 받은 나라여서 화교의 역사를 느낄 수 있었다. 이곳의 도자기가 유명해서 일찌감치 무역이 여러 나라로 시작되었다고 한다. 동·서양의 문화가 공존하는 호이안은 특색 있는 주변과 낭만이 있는 곳이다.

두 번째로 다낭에 바나산 국립공원을 찾았다. 필수 코스인 바나힐은 해발 1,487m에 있어 케이블카를 타고 길이 5.2km를 올라갔다. 세계에서 두 번째로 긴 케이블카라고 한다. 생각보다 빠른 속도와 아래로 내려다보이는 멋진 경치에 감탄하다 보면 어느새 바나힐 입구에 다다른다. 산꼭대기에 숨어있는 작은 유럽, 구름을 발아래에 두고 골든 브릿지로 나가서 처음으로 사진을 찍었다. 기온이 뚝 떨어져 추웠지만, 자연이 주는 안개와 구름이 한 폭의 산수화 같다. 하늘이 가깝다고 느낄 정도로 가슴이 벅차오르며 주위에 꽃과 나무가 환상적으로 느껴졌다. 신흥휴양지인 이곳은 프랑스 점령시 지어진 고풍스러운 성과 건물이 있고 자연환경이 그림 그 자체였다. 하늘 아래 도시 바나힐즈, 언젠가 다시 찾으리라 마음먹었다.

세 번째로 명소 중 하나인 핑크색 대성당으로 갔다. 프랑스 식민지 시대 다낭에 지어진 유일한 성당이다. 교회 지붕 십자가 위에 닭 조각상이 있어서 치킨 교회로 부르기도 한다. 건축

디자인이 특이하여 인증 샷을 찍는 곳 중의 하나다. 많은 순교자를 품고 있는 역사가 있는 성당이다. 힌두교와 불교가 싸워서 불교가 현존하는 가운데 천주교도 잘 이어져 갔으면 하는 바람이다.

인간의 역사를 증명하는 유적이 남아있는 도시, 그것을 지키려 하는 사람들 아직은 순수하지만, 영원히 변하지 않았으면 좋겠다. 오염되지 않은 자연과 낭만이 가득한 도시 여행지로 손색이 없다. 상큼한 미소로 맞이하는 그들을 기억할 것이다.

알로하!

여행은 굳었던 몸을 춤추게 한다. 우리 일행은 하와이행 알래스카 항공에 몸을 실었다. 나이에 상관없이 들떠서 전날 잠을 충분히 못 잤다고 불평을 하지만 얼굴은 모두 밝았다. 여행에 대한 기대감 때문일 것이다.

매주 금요일마다 함께하는 여성 합창단의 단원들과의 여행이다. 시대가 많이 변하여 주부들끼리 여행을 다니는 것이 유행으로 되어버렸다. 가정이라는 테두리에서 벗어났기에 남겨두고 온 남편과 아이들 이야기를 하고 있지만, 마음은 이미 하와이 바닷가에 가 있다. 탑승한 지 한 시간쯤 지나자 하나둘 잠들기 시작했다.

나는 준비해간 책을 꺼내 읽었다. 반은 들어오고 반은 흘리면서 여학교 때 수학여행이 눈앞에 아른거린다. 추억은 그리움이고 마음에 봄바람을 일으킨다더니 가슴속에 쌓여있던 복잡한 감정들과 스트레스를 하나하나씩 구름 위로 덜어냈다. 기타를 어깨에 메고 목청껏 노래를 부르고 재잘재잘 끝없이 이어지던 수다에 우리의 꿈과 희망은 무지갯빛으로 피어났었다. 그들은 어디에 있을까. 기회가 닿으면 그때 그 친구들과 함께 소중한 마음을 나누며 여행하고 싶은 마음이 순간 생겼다.

넓고 푸른 바다 위를 때 묻지 않은 소녀들을 태우고 신비스러운 나라로 가는 듯했다. 세상을 단순하게 살아가는 것 같지만, 때로는 깊은 생각을 하게 만드나 보다. 하늘에서 내려다보는 바다는 뜻이 있고 의미가 있어 보인다. 어디에서부터 시작이고 어디까지가 끝인지 생각이 깊어진다. 생각이 깊으면 모든 사물의 움직임과 형태가 뜻이 있고 귀한 것이라 깨닫게 된다. 자연의 소중함을 소홀히 하지 않으리라 다짐한다.

누군가가 핸드폰으로 일기예보를 확인해보니 우리가 도착하면서부터 돌아오는 날까지 비가 온다고 한다. 여기저기서 한숨 소리가 새어 나왔다. 질척거리는 길을 걸어야 하고 옷도, 신발도 예쁜 것을 선택하기 어렵다. 일행은 여행용 가방에 잔뜩 눌러서 짐을 꾸렸을 터인데 비만 맞다 가는 것은 아닌지 걱정이 앞선다. 공항에 도착하면서부터 비는 내렸다. 택시에 구겨 타고 보니 고생은 지금부터구나 하는 생각이 들었다.

호텔은 비수기라 조용했다. 비가 주룩주룩 내리는데도 풀장 주변의 카바나에는 수영복만 입은 젊은이들이 더러 있었다. 신혼여행 온 신혼부부 같았다. 그들 앞에 무엇이 있든 장애물이 되지는 않겠지 하는 생각이 들며 내리는 비가 야속하다. 일행은 흥분된 마음으로 하와이의 휴양지를 다 삼켜버릴 듯이 떠들어대며 비를 맞으면서 거리로 나왔다.

다음날 처음 온 친구들을 위해 '폴리네시아 문화센터'를 향해 버스에 올랐다. 예쁘게 오른쪽 머리에 꽃을 단 가이드는 곳곳에서 온 관광객을 태우며 "알로하!" 인사로 맞이한다. 알로하는 '사랑, 친절, 어서 오십시오.'라는 뜻이 담긴 이곳의 인사다. 꽃을 오른쪽에 꽂으면 미혼이고 왼쪽에 꽂으면 기혼이란 뜻이다. 미리 인터넷으로 예약한 사람들 이름을 부르며 어디에서 왔는지 물을 때 일행은 큰 소리로 "We are from California."라고 하며 손뼉을 쳤다.

아줌마 부대이니 창피함도 부끄럼도 없이 창밖을 내다보며 "와우!"를 연발해가며 웃고 떠들었다. 모두 행복해하는데 여럿이 한꺼번에 떠드니 목소리는 점점 커지고 웃음소리도 남들에게 방해될까 봐 노심초사다.

소나기가 쏟아지다 멈추니 무지개가 마치 오르골 속에서 피어나온 듯, 아름답게 곡선을 긋고 나타났다. 피지의 '데루아'

대나무 악기의 연주를 함께 신나게 두드리고 나니 한결 가슴 속이 후련해졌다. 이어서 타히티의 매력적인 오리 타히티 춤을 배웠다. 나이 탓인지 몸이 말을 듣지 않았다. 마지막으로 하와이안의 아름다운 훌라 춤을 배우고, 폴리네시안들의 수로를 타고 흐르는 카누 위에서 각 마을 춤 공연을 감상했다. 뷔페로 준비된 저녁을 먹고 난 후 이브닝 유니크쇼 (HA;생명의 숨결)는 감동적이었다.

그 내용은 이렇다. 황량한 어느 밤, 이름 모를 곳에서 '마나' 라고 불리는 어린 아기가 태어나고 생명의 숨결을 담은 그의 삶을 시작하게 된다. 마나는 가족과 주민들로부터 삶의 방식과 가치를 배우고, 세상 밖으로 나가서 그의 새로운 삶과 가족을 꾸리기 위한 준비를 한다. 마나는 가정에 새로운 생명이 탄생하고, 생명의 숨결인 HA가 끊임없이 지속된다는 것을 배우게 된다는 이야기다.

일행은 타고 온 버스를 찾기 위해 급히 자리를 떴지만, 공연이 끝나도 자리에 앉아 있는 이들이 많았다. 서로 다른 문화 속에서 함께 공감하고 공존할 수 있는 것은 생명의 숨결이 아닌가 싶다. 모두가 피곤하고 긴 하루 동안의 투어를 마치고 돌아와 호텔 자쿠지로 나갔다. 여행은 에너지를 만들어주는 힘이 있나 보다.

창문을 열고 밤의 신선한 공기를 마시며, 여행의 재미와 일행들의 배려를 생각해본다. 일행들이 즐거워하는 모습에 내 기분도 좋아졌다. 다음날도 투어가 이어졌지만, 여러 번 왔었기에 포기하고 혼자만의 시간을 택하기로 했다.

이렇게 우리의 4박 5일의 하와이 여행은 끝이 나고 미련을 남긴 채 공항으로 향했다. 일행들의 마음에 봄바람을 일으키고 아름다운 추억으로 남게 되기를, 훗날 추억의 '알로하'가 되기를 바란다.

이별을 담은 덕수궁

서울에 가면 덕수궁과 경복궁을 쉽게 지나다닌다. 뜻하지 않게 움직이는 반경이 광화문 중심으로 음식점이며 찻집을 찾게 된다.

결혼 전 직장이 서소문에 있어서 덕수궁을 아침과 저녁 지나면서 단 한 번도 들어가 보질 못했다. 수십 년이 흐르고 모처럼 시간을 내어 들어가려니 65세가 넘어서 무료입장이라 한다. 좋기도 하지만 한편 서글프다. 나는 옛 추억을 떠올리고 싶어서 친구와 찾았는데 이미 시니어 대우를 받는다니, 흘러간 세월이 무심하다.

겨울철이라 궁 안은 조용했다. 간혹 눈에 띄는 사람들은 관광가이드와 외국인뿐 아주 한적했다. 오히려 북적대지 않으니 여유가 있어 좋았다. 색색의 단청에 아름다움이 담겼고 돌계단에는 스쳐 간 사람의 발자국이 얼룩으로 흔적을 남겼다. 앙상

한 나뭇가지들은 구부정 허리가 굽은 채 서 있다.

덕수궁은 대한제국의 역사다. 덕수궁으로 부르기 전에는 경운궁으로 불렸다. 고종이 대한제국을 선포한 뒤 황제국의 위상에 맞게 덕수궁을 정비해 나갔다. 일제강점기 이후 주변 행각과 전각들이 헐리고 정원이 생기면서 현재의 모습이 되었다.

친구와 나는 이곳저곳을 다니면서 사진을 찍었다. 마치 사진만 찍으러 들어온 사람들처럼 "와우!"를 연발하면서 포즈를 취했다. 곳곳이 귀하고 소중해 사진이라도 남기고 싶었다.

다른 궁궐과 달리 덕수궁에는 황후의 침전이 따로 없다. 그 이유는 명성황후가 승하한 뒤 고종이 다시 황후를 맞이하지 않았기 때문이다. 고종이 덕수궁을 대한제국의 황궁으로 삼고 근대 개혁을 추진하면서 덕수궁 안에는 여러 서양식 건물이 들어섰다. 이 중에서 석조전, 중명전, 정관헌이 현재까지 남아 있다. 석조전은 황실 가족의 생활 공간이 갖추어진 대한제국의 대표적 서양식 건물이었다. 일제강점기 이래 미술관 등으로 사용하면서 내부의 본래 모습이 많이 훼손되었다. 지금은 '대한제국 역사관'으로 개관되었다.

황제의 서재로 지어진 중명전은 덕수궁 담장 밖에 있는 별궁처럼 사용되었다. 1905년 일본이 한국의 외교권을 빼앗기 위하여 강제로 맺은 조약 을사늑약이 체결된 비운의 장소이기도 하다. 정관헌은 러시아 건축가 사바틴이 설계한 것으로 알려져 있다. 한국과 서양의 건축양식이 절충된 독특한 외관을 하고 있다. 유일하게 전통과 근대가 만나는 건축물이다.

친구와 나는 사극 드라마 이야기를 나누며 마치 우리가 연기자인 것처럼 연기 재현도 하면서 건물 주위를 돌며 시간 가는 줄도 모르게 다녔다.

덕수궁 돌담길은 궁의 이별이 깃든 길이다. 많은 노래 제목에도 전해지고 있다. 대표적으로 〈광화문 연가〉가 있다. 이별은 추억이 따름이다. 가장 슬픈 역사를 가진 이별은 덕수궁이다. 그동안 가물가물했다. 아쉬움을 달래듯 돌담 너머 고목 한 그루가 담장 밖으로 자리를 잡았다. 바로 덕수궁을 두 동강낸 일제강점기 관통로였다. 지금보다 세 배나 더 컸던 덕수궁은 쓸쓸하게 역사의 뒤안길로 물러났다. '이제 모두 세월 따라 흔적도 없이 변해갔지만, 우리 가슴엔 아직 남아 있어요.' 담장 밖의 정동길이라는 이름으로 노래의 가사가 머리를 스친다. 오랜 세월이 지났는데도 옛 추억을 떠올리게 하는 노래이기에 사람들 마음에서 떠나지 않는 곡인 듯하다. 나의 18번인 애창곡이기도 하다.

날씨가 제법 쌀쌀해 커피 생각이 나서 카페를 찾았는데 눈에 들어오는 B아이스콘이 있었다. 세월은 흘러 수십 년이 되었는데 이 제품은 디자인 그대로 변함없이 자리를 차지하고 있다. 너무 반가웠다. 오래된 친구를 수십 년 만에 만난 기분이었다.

문득 입가에 미소가 지어진다. 누구나 혼자만이 알고 싶은 비밀스러운 추억을 간직하고 있는데 내게도 우스운 일이 하나 떠올랐다. 친구가 친척 오빠를 소개해 주어서 세 번째 만나는 날 덕수궁 돌담길을 걸었다. 그 돌담길을 걸으면 헤어진다는 말이 있었는데 아무런 이유 없이 연락이 자연스럽게 끊어졌다. 그 사람은 키가 훤칠하게 컸고 인상도 점잖게 생겼으며 직장도 나무랄 데 없는 조건을 가진 사람이었다. 호감은 있었지만, 특별한 감정이 없었던 터라 인연이 아니었다고 생각했다. 문득 떠올라 씁쓸히 웃어버렸다. 그도 덕수궁에 오면 어렴풋이 나를 떠올릴까.

많은 사연을 품은 덕수궁, 다음엔 아이들과 함께 오려고 다짐하면서 뒤로 두고 나오려니 가슴이 저려온다.

작은 섬

이제 말을 안 해도 되는 시간이 왔다. 하루가 어떻게 지나갔
는지 느껴보지 못하고 또 조용한 밤이 찾아왔다. 무한한 시간
이 흐르고 나의 밤은 밀물처럼 밀려와 내 곁을 지나 이름 모를

작은 섬으로 안고 간다. 파도가 쓸쓸한 바위에 나를 던지고 훌쩍 달아난다.

아무도 찾지 않는 내게 하늘엔 구름이 붓이 되어 떠 있고, 산에는 이름 모를 나무의 흔들리는 손짓, 바다엔 출렁이는 파도가 친구되어 위로해 준다. 말이 필요 없는 그들과 그냥 마음만 오간다. 그동안 원치 않은 이별과 피하고 싶은 시련으로 수없는 무기력을 경험하면서 남을 이해하기도 쉽지 않았고 사랑하는 것은 더 어렵다는 걸 알게 되었다.

사랑도, 미움도, 근심도, 아픔도, 아무 두려움도 없는 이곳에서 무엇을 위해 존재하는지 생각하게 된다. 가진 것 모두 내 안에서 다 태워버리고 사랑한 단 한 사람의 기억도 지워버리려 한다. 돌이켜 보면 가슴에 담고 있는 것들을 버리지 못하고 매달려 지낸 허무한 시간이었다.

저 건너편에 보이는 세상과 사람들, 인생이 허망한 것을 아는지. 삶이 너무나 짧은 것을 알기는 하는 건지. 그동안 보이지 않는 것들에 미련을 접지 못했던 것을 다 내려놓고 비우면서 나 자신을 온전히 다독인다.

오늘도 묵묵히 저 멀리 바다 한가운데 홀연히 빛나고 있는 작은 섬은 무언의 메시지로 나를 달랜다. 지금, 이 순간 모두가 외면하고 그냥 지나가 버리는 그곳에 나는 머문다.

English Essay

Translation: Hannah Lee

As if knowing he was not long for this world,

he suddenly wanted to hold hands as tenderly as

when we were newlyweds.

He also suggested we get ourselves matching rings.

I laughed out loud at the inquiry,

something so frivolous that only young couples would do.

Though peculiar, I eventually agreed that

it would be sentimental to share coordinating rings

as we grew older.

The Couple Rings He Left Behind

A bouquet of chrysanthemums is delicately placed in the vase in front of his tombstone. Their floral scent imbued in the spring breeze is sweet. Today marks the 37th anniversary of our marriage. I visited my late husband's cemetery to celebrate our wedding anniversary together. In life, he enjoyed sipping wine, so I would pour a glass of his favorite every time I came by, but today I brought a framed picture of our two grandchildren. I tell him not to worry about me, as these kids filled his void and allowed me to live happily ever after. It fills my heart to think of how devotedly he would have cared for them if he was alive.

I traced his name etched into the stone with my finger tip. I could feel his warmth radiating through the tombstone toasted by the sun, enveloping me. I looked back on our day, sitting in the moist grass damp with morning dew. I miss our happy moments. I want to break the promise I made to never cry again and to cry.

From the moment we met, we saw our hearts dance in each other's eyes, promising our future together. Veiled in a floral fragrance, with my father's hand in mine, I strode into the wedding ceremony with my heart aflutter. My father lovingly wrapped me in an embrace, nudged my back, and handed me over to his son-in-law. Through tearful eyes, he told us to have a long, happy life together. My husband nodded and clutched my hand. I trusted this man was my pillar and my roof; I believed it so.

During the 33 years we lived as a wedded couple, there were many times when I regretted the marriage and found myself upset. Simultaneously, turbulent feelings and beautiful moments were accumulating, and as time marched on, I naturally forgot about my troubles. As if knowing he was not long for this world, he suddenly wanted to hold hands as tenderly as when we were newlyweds. He also suggested we get ourselves matching rings. I laughed out loud at the inquiry, something so frivolous that only young couples would do. Though peculiar, I eventually agreed that it would be sentimental to share coordinating rings as we grew older. We then went to his friend's jewelry shop and ordered complementary white gold threaded bands with excitement like honeymooners. They were to be ready in a week.

However, the day before we would have picked up the rings, he passed away in a car accident while visiting a high school reunion. I still can't believe he's not a part of this world anymore. It feels like, just yesterday, he would come walking through the front door. The parting of death was too overwhelming for me to bear.

On the day of the funeral, his friend came with the rings, set neatly side by side in a pretty box. When I saw them, the tears I had been stifling suddenly streamed out like a waterfall. In the end, it seemed he had decided to live forever, thinking solely about himself, leaving only the matching rings behind when he left. I debated whether I should've included them when gathering his most treasured possessions to put in his coffin. Truthfully, I didn't want to let go of the rings; I wanted to treasure them for as long as I could. The memory of him selecting the rings in the shop still plays in my mind.

The couple of rings in the luxurious blue box, brilliantly standing out among the other boxes of jewels he had bought for me in a drawer, is a precious gift that reminds of him. It is the last cherished gift of love he left for me.

In due time, I let him go, but survived alone and

guiltily. Why was it so difficult for me to say that I loved him while he was still by my side? Had I foreseen his parting, I would have done it a dozen times a day.

I regret that I hadn't treated him more affectionately while we were together. Some people pass after enduring a long ordeal of much suffering, but I want to say that it was by God's grace that he left painlessly. Is it because I loved him so dearly that I'm grateful his parting was instant? There seems to be no predictability in death. I suddenly think of how nice it would have been if he could've been by my side a little longer and delighted in his grandchildren.

As time marches on, the feeling of loneliness gradually subsides. However, unconsciously, I sometimes forget that he's really gone. It is an oblivion that comes with the passage of time. It's tragic that my memories with him keep fading. I haven't been able to meet him in my dreams since then.

I think we have to accept the natural flow of life, acknowledging that eternal separation from your partner is something everyone will have to bear at least once. Now, I want to indulge in another dream that will weave the rest of my life anew, living doing what I love, traveling, and making new memories for myself.

Remnants of my husband's clear and bright smile link the memories of being together with the aroma of chrysanthemums.

The couple rings sit in the blue box and I open it whenever I think of him. I should wear the rings he left me on a day like today.

A Glass of Mai Tai

Flying over the clouds, I sit in a plane returning from Hawaii. Onboard, a stewardess attentively awaits my drink order. "I'd like a Mai Tai, please." She looks surprised, watching an old Asian lady traveling alone and ordering alcohol so early in the morning. After hearing myself, I laugh too. I must have tried Mai Tais at least once in my life, but it's been so long that I had forgotten what they tasted like. I may have been influenced by the stylish mother—daughter duo I had seen on the plane heading to the island a week ago; the way they enjoyed the drinks that day struck a chord with me and the subconscious urge was since looking for an opportunity to indulge itself. At the time, I had already ordered a strong, bitter coffee and, seeing them, wondered how delectable the cocktail was as I forced my own lukewarm drink down.

There's an old saying that if you start drinking during the day, you wouldn't even recognize your own parents, thus I used to suspect that a person was an alcoholic if they had drinks in the morning. Since I lived in the United States for over 40 years and worked for an American company, I believed I was fully Americanized, but once in a while my consciousness still reveals a typical old conservative Korean woman. Sometimes when I visit my eldest daughter in San Francisco, we go out to a restaurant for brunch and I always notice that the primarily female patrons would often order mimosas or champagne with their meals, and were more engaged in conversations and gossip than eating. Seeing their enjoyment, I envied the dining culture of leisurely chatting and appreciating life.

My husband, too, occasionally had a drink with his meal when it was exceptionally good. He'd pour one out in front of me and enjoy it alone since I didn't like drinking. Now, however, I regret not adjusting my mood with a simple "Cheers!" but I lost my chances after my husband's passing. Though I understand the appeal of day drinking, I will probably continue to live abstinently, nonetheless trying to enrich my life with new insights. I believe that deviations from the conventional framework that I set could create positive energy and experiences; a simple moment with a Mai Tai can become a meaningful memory.

When watching the sun set in the red sky after a long day's work, I sometimes longed for some red wine to unwind. Unfortunately, I was too reluctant to change my attitude or habits. My daughters have said that just a glass before bed may benefit sleep and blood circulation, but I was afraid it would become habitual. I was curious about the taste of alcohol today, but frankly, I just want to imitate the casual, first-class demeanor I witnessed on my last flight. Today, I am not bound by any constraints and ideas, so I eased up with a glass of Mai Tai instead of my usual coffee. It was much sweeter than I expected, perhaps an uneven mixture of more pineapple juice than alcohol. Even so, I believe this glass of Mai Tai could be the gateway to enjoying a little more freedom by doing things that I wouldn't typically do.

Shaking the small glass gently, as the juice particles swirl into shapes then sink, I imagine a new pattern of my life in the Mai Tai glass.

The Bell of Enlightenment

The toll of the church bell resonates with a subtle
electronic hum in the distance, signaling the
passage of another hour. It has already been a year
and a half since I moved into this house, yet
everything still feels unfamiliar and clumsy, and I'm
getting used to the sound of the bell. It is a pity that
the bell ringer has since been replaced by an
automated system. It seems that the world has
progressed past the peals of church bells, as they
slowly retreat to nostalgic memory. The church
bell's initial purpose was of spreading the gospel,
but its reverberations have also managed to soothe
the tired soul of life. With a clear and resonant

melody, it permeates into every gap of the city and stays with us throughout the day.

The grand sound of the bell rings in time as if encapsulating and protecting the new city in the middle of the mountains. The dawn toll relieves the frustrated heart of the previous day's burdens and allows it to start anew. Throughout the day, it is heard as the sound of life, and in the evening, the sound of enlightenment is heard louder as it travels through the grass with the wind. You could feel the joy of being moved and fulfilled in your healing heart, once deprived of nourishment from the toil of daily life. The warm, deep sound makes me feel secure, some days passing through my ears and enveloping my chest.

The chime of the bell invokes subconscious repentance for all sins committed. Since greed is intrinsically interwoven into human nature, I believe the sound will compel us to live devoutly. If we pray, meditate, and try our best, we will have already succeeded, though we often don't realize it. Man is only occupied by what he lacks, thus lives futilely chasing greed. I once heard the saying: "What is given to me can be taken away, but what I give to others is mine forever." Time flies like an arrow. I wish I could live a life without regrets. Life should not be a leaf that flutters aimlessly in the wind. I repent and pray because life must absolutely aim towards the light.

When we are weary or aching, we cannot hear the sound of the bell; there is no joy in a negative mind. Sometimes, even I can't recognize the ringing of the bell. Without enlightenment, we cannot open our ears. The ring is like an entity that breathes in my heart, a light that permeates in every aspect of my life. The resonant lilt of the bell opens my day and ends it, as well. From the first time it met my ears, it formed a small country in my heart, like a first communion joining humans with true love. The deep sound of the bell always penetrated my heart like this.

Sometimes, in my fatigue and lethargy, the toll stirs within me renewed enlightenment and vitality. As I am trapped in my house due to the pandemic, I feel the melody of the subtle electronic sound is purifying my mind and filling my heart. I cherish the five minutes of its low ringing reverberation and its warmth, transparency, and beauty.

My hope is that we could all look towards one place. The bell of enlightenment rings in my languishing heart again today. It suddenly becomes solemn; a beautiful church bell that will be reduced to a nostalgic memory over time.

Happy Came with the Sound of the Rain

I am awoken by the sound of rain hitting the
window. I open it, inviting in a cold wind and heavy
raindrops that cut through the air. The tranquil
scene reminds me of Happy, who would always bark
at the downpour outside the glass. It's been two
months since that angel left my side. She was a dog
that was pampered and cherished like family for 15
years. She had first come to my house as a mere
two-month-old puppy and, from that day on,
became the focus of my husband's love and
affection. He treated her like his youngest
daughter, even making her a small pillow to sleep
with in our bed. Almost every day, he would buy

toys and treats at the pet store, including charming clothes and even pink shoes. In his eyes, there existed only Happy who would follow him to the ends of the earth. Then one day, he went to a high school reunion and left us without a chance to say goodbye. When I lost the will to live, thinking his empty seat meant my whole world had ended, Happy supplemented the warm feelings of that person by my side. No, perhaps we looked after each other, since she undoubtedly missed his company and touch as I did.

Though it's common to develop feelings of restlessness or even a degree of hatred when around somebody all day, the mere presence of Happy could put you at ease and in good spirits. Loving and being loved granted the same warm feeling regardless of the recipient. She was invariably playful and danced around, wagged her tail to music, and understood my commands in the blink of an eye. Even now, I can't forget her dismal expression being entrusted with a dog sitter and her exhilarated reaction returning to me. She leapt up, crying fervently, wrapping her legs around me, shaking her entire body. I held her tightly until her frenzy and excitement eventually subsided.

One day, not long after Happy's passing, I received a curious letter in my mailbox. When I opened it, I found a passage titled "Rainbow Bridge" by an unknown author, along with a postcard printed with a picture of said rainbow.

According to the excerpt, the "Rainbow Bridge" is a gateway through which a beloved dog enters a paradise where they spend eternity after they die of illness or old age. Just as there exists Heaven that people reach once they die and cross the Jordan River, this world also has warm, plentiful food, and comfortable grasslands where the sunlight shines, where they can run and play with their special friends. There was a message from the veterinary staff saying "So sorry for your loss," along with a promise that Happy lived there happily and healthily, missing the person she left behind in this world.

The figure of Happy, whose spirit always seemed to persist as a puppy's, also aged as she aged. Her forelimbs bent at the joints, her ears deafened, and her eyes slowly became blind, as if she were transforming into a doddery, old grandmother. It was almost as if she was becoming like me, whose husband had passed, and, as I watched her transformation day by day, I poured more love and affection onto her. One day, I noticed a pea sized lump under her stomach and promptly brought her to a veterinary office where they performed a blood test and biopsy on her. The doctors then discovered she had skin cancer. I decisively had the lump removed that very day, and we set a later date for surgery. But only shortly afterwards, the cancer continued to manifest relentlessly. What used to be the size of a golf ball became the size of a fist, and

I later saw three lumps as large as mangos. After another diagnosis, the doctors no longer recommended surgery.

As Happy's inquisitiveness and appetite began to wane, she opted to just lie peacefully in a warm, sunny spot. Her breathing was becoming noticeably more labored and she easily winded. It was painful to watch her waddle as she walked, but there was nothing I could do for her. I knew I should've put her down before she endured more suffering, but I selfishly wanted to keep her by my side for just another day, everyday, becoming defensive at any mentions of euthanasia. However, the lumps all over her body were undeniably and alarmingly growing, as if threatening to break skin. I wondered, what was the true path for my happiness? Was this love or was it fruitless compulsion? Maybe I was hypocritical for forcing Happy to endure this pain when I knew that I, myself, could not. I was torn, wrestling between my desire to muster one more day and my wisdom to just end it comfortably. To be honest, I abhorred the idea of letting her go. I couldn't give up hope of returning to her wagging tail every morning.

I went to the veterinary clinic to spend the last cherished moments with my friend who also had her own dog euthanized. Another wave of despair engulfed me when I realized it was time to let go of her like my husband. Sitting in the corner of the small hospital room, Happy looked at me, crying. I can't forget those kind eyes I saw through the distortion of tears. She was soothing me while I was inconsolable. I remember the last time I saw her disappear behind the vet's back. Unlike my husband, who didn't even get to say his last goodbye, Happy seemed to close her eyelids knowingly, saying goodbye with ingenuous eyes. Faring her well with a wink, I thanked her for filling my husband's empty seat. Goodbye Happy, my youngest daughter, who quelled my sorrow with gentle joy.

The rain is thinning out. Under the collective weight of accumulating nostalgia, I felt like my heart was going to burst, so I took an umbrella and walked along the road with Happy. I found a pop song from the 70s on my phone and played it. Tears flowed to the instrumental of 'If You Go Away,' which I had enjoyed listening to. Every time I leave the house, a patch of white roses under my wall greets me with their heads bowed synchronously, scattering delicate petals onto the ground. I wondered if they, too, missed Happy, and despite myself, I began to cry aloud. When I left Happy at the hospital, I wept profusely for a long time in my car. There must have been a lot of emotion and sorrow welling up inside of me during those moments. Raindrops ran down the ribs of the umbrella, and tears restored the wounds on my heart. I don't want to endure the pain of parting anymore.

"Dear Happy, I hope you're comfortable and won't ever get sick or grow old in this beautiful place. Remember mommy forever."

When this rain stops, a rainbow will appear outside the window. I dream about Happy, frolicking on the Rainbow Bridge, in good health.

On the Streets of Spring

The March sky over the city is hazy, threatening raindrops from above at any moment. My shoulders droop sluggishly like the clouds in the damp air. It's an uncomfortably humid afternoon and even my glasses feel heavy.

I set out on the streets of Hollywood to meet in front of the Chinese Theater with my friend who was visiting from Seattle. As always, the boulevard was packed with endless crowds. I, too, walked along, part of the horde. Costumed characters from popular movies occupied the sidewalk, posing for tips: a modern form of begging. A bitter taste grew in my mouth, and I trudged along, putting my hands in my pockets. Feeling around, all I retrieved were old laundry receipts and crumpled remnants of tissue. Curiously, I tried to remember the last time I wore these pants. I looked into the receipt probingly, and the date on it read March 18th of last year.

I recall March as the month I got married. My mother arranged an ideal day in the pleasant springtime, with hopes for her daughter to enjoy a long marriage. Contrary to her wish, my husband is now with God. As time went by, I thought the memories would fade, but there are instances where grief still sets in. The immeasurable distance has made my heart grow correspondingly fonder. When I close my eyes, I see our happy moments together, and I still long for the time we spent together.

I reminisce on the scattered memories. Around this time of year, the canola flowers were in full bloom on Jeju Island, and my friends were contacting me, one by one, to announce that they were getting married. As the bitter winter passed, the withered heart basked in the welcome light of spring. The bright sounds of this season, along with its fresh, aromatic scents, made my heart flutter.

I find myself walking aimlessly and I'm suddenly afraid I'm being inconsiderate to my friend, who's been full of excitement to visit. I want to finally see her bright smile, so I pick up the pace.

I resolve that my friend would be waiting for me in front of the theater by now, but the sky is beginning to darken. Yoo Chi-hwan's "Nostalgia" comes to mind: Today, the wind is blowing and my heart is crying. I start to notice the expressions of each passerby. Some make eye contact and smile, but others look on indifferently, their destination being their sole objective. Striding past them, I smile to myself.

I finally arrive at our meeting place. Standing alone, it seems my friend hasn't come yet. In the adjacent shopping district, loud music blasts to attract patrons. Instead of feeling irritated, I hear the blaring as a cathartic scream. Everyone seems to have taken to the streets today. Then, the rain began to fall. Raising their collars, the crowds began to scatter like Mimosa leaves as the raindrops got ever thicker. The springtime of my memories lingers in many forms, like the beginning of a dream with the love of my life.

What does the overcast spring I face today tell me? Though the spring of the season will always arrive without fail, the spring of the heart appears only when you will it. We can welcome a new spring that can unbind a closed heart. Let the rain washing over the earth take me back to the March when I was young.

A Golden Lake

I got a phone call early one morning from my eldest daughter. Ever since I started living alone, she's been calling me every day. "Mom, I had a dream last night where Dad was golden from head to toe. He was definitely still human, but the lustor was so strong that I couldn't see his face in good detail. Is this a good dream?" This was the message from Heaven he sends from time to time; he must have sent her one today. I felt a cold chill in my heart.

"Dad stood there silently for a long time and, as he turned around, he walked into a golden lake. I could see he was golden up to his hair. It was so strange – his entrance into the lake was the only thing I could remember vividly, everything else was a blur." I've heard of the significance of a golden crown, but I've never heard of shining golden hair before. I can tell from my daughter's voice that she must've had tears in her eyes.

It surely was an unusual dream. I told my daughter that it seemed like a very fortuitous dream, but I couldn't shake the meaning of it all day long. Was it confirmation that my husband made it to heaven? Was he trying to comfort me by saying that he was wearing a golden crown? Since he was a pure hearted person, did his honest life lead him to a good place? It would be a relief if it was true.

It's already been three years since the accident. I now realize that I can live with the burial of someone in my heart. Living alone has become natural, though it used to feel as if I was going through the motions of another person's life. At first, it was so hard to even laugh after my husband passed, but over time, I realized that I am capable of enduring by myself. How fortunate that humans have the great ability to forget. I live life to melt this self-inflicted lump in my chest. But there are times when I still feel tears building when I think about him.

I know that we have no choice but to submit ourselves when God calls us on our fateful day to leave our loved ones behind. Everyone instinctively tries to delay death but knows deep down that nothing can stop it. We don't know when our last day will be, but it is inevitable. We have no choice but to accept everything naturally as it flows.

Though the Lord is now the only master of my life, I've lived by my own terms for a long time. Someone once said, "Suffering isn't caused by death, but the obsession with dying." Looking beyond the sadness and fear associated with death and, instead, doing the most with our time today is the best and only preparation we can make. I want to reach a fulfilling ending, full of love and understanding of the deep flow of life, until the fateful day that I step into that golden lake.

Valuables

I often frequent the spa in Koreatown. I noticed
one of the signs posted at the entrance reads,
'Please leave your valuables at the front desk. We
are not responsible for any loss. I once overheard
the owner say that they've had to call in the police
at times when customers would whine about items
in their lockers being missing. There's word that
some even threatened to sue and cause a big fuss.
How precious the item must have been to not even
be able to leave it at the front with the receptionist.

One day, I watched a video online that really
resonated with me. A certain elementary school
class was given an assignment to draw the object

that their parents valued the most. In response to this prompt, the children drew out their various answers. One child doodled the trumpet that his father occasionally played for fun, an expensive instrument plated in yellow brass. Another scribbled their family's heirloom, an ornate piece of pottery that his grandfather would not even let him touch. Some painted cars and various pieces of jewelry. One of them scrawled a crumpled pillow on her paper, and the other children laughed, teased, and pointed their fingers at her. In spite of their jeers, the child simply sniffled, clarifying that her father's most precious item was her deceased mother's pillow. When she spoke of how much she missed her, the entire second grade classroom became a sea of tears. Children born in the age of material omnipotence aren't aware of the true value of things. From a young age, they should be taught that an item's price does not always equate to its worth.

A long time ago, an acquaintance I knew moved with his family, bringing only a pair of scissors, a ruler, and the clothes on their backs. Initially penniless, he claims to have made a fortune making clothing, thanks to his dedicated work with the indispensable tool in his hand. He proudly stated that the most valuable things on this earth were his filial piety and scissors. Though it might be a menial office supply for most, it became valuable because it was the instrument through which he was able to unleash his potential and bring him wealth.

Objects become elevated to valuables when you deem them essential and of the utmost importance. Everyone will have different sentiments about what it is that's of the utmost importance to them.

In life, the more you have something, the more you crave it. Just as the conditions of life are different for every person, the most important and precious objects for each varies. However, in the moment of your death, you will realize what is truly important, for is there anything in this material realm you could take with you? Each life has a unique purpose; some people work laboriously to earn a wage, some devote their lives to politics, and some become internet shopping addicts under the imminent threat of COVID-19. I've seen how we chase after frivolous things in this world, not knowing what is essential to us. What I really need depends on what aspects I value in life. I need to find my true self. I made a promise to myself before I moved a while ago: since I own a lot right now that I could share with others, I'll let go of what I don't need. But things ultimately started to pile up one by one. I bought items because I felt they were absolutely vital, but over time I realized that they weren't really necessary. I wish I had known then that I would regret it.

We sometimes buy things without needing them. There are many things that I bought thinking they'd be useful and later classified as meaningless junk.

Luxury goods cannot be valuable, being things that are not necessary for survival. We gain a sense of fulfillment by sharing with our neighbors, but instead try vainly to fill our hearts with material things. There is nothing that is mine in this world, because we will all leave it empty–handed. Materials that were entrusted to us for a while were simply borrowed. If I change myself, my point of view will be different, and in turn, so will my future.

I realized and revalued many things due to COVID–19. I only have one life, so I'll do what my heart tells me. Let's build up valuables in our hearts so that our lives can be enjoyable and happy.

I think the most important thing in life is when you feel that things have grown since yesterday.

Traces of Love

I have a lot of antique objects in my house. Though insignificant in monetary terms, their value is derived from traces of meaningfulness in my life. Among them are old Korean traditional sake glasses called Jeong—jong—jan and a small clock. The red glasses were a wedding gift from my grandmother, and are relics that predate me. She received them as gifts herself from my grandfather a long time ago. She bestowed to me the elegant glasses that she didn't even give to her only daughter. They also gifted me a large wooden bowl called Ham—ji—bak, and long cherished tea cups, but I brought only the sake glasses when we immigrated. The five dainty cups have followed me throughout every move and are now arranged together in a cabinet.

Being her first granddaughter, my grandmother loved me exceptionally. Since my father was a soldier, I frequently had to move to new schools, so I was raised by my grandparents from a young age. I have fond memories of my grandmother accompanying me to school picnics in a traditional Korean hairstyle, and the two of them being present at all my sporting events and parent association meetings. Though my grandfather received a formal education while grandmother had not, they both possessed an equally indescribable enthusiasm and sincerity for my schooling. When my father was discharged from the military, he came to live with us, and I always insisted that my grandmother's food was delicious unlike my mother's, because she poured her love and sincerity into every dish.

A week before I was to immigrate to the United States, my grandmother collapsed at a family gathering and never recovered. It was an unbelievable cause of shock and heartache for me. Was she plagued by anxiety about her beloved granddaughter going off to a strange land across the sea? My grief was long lasting. Even after moving in, I often found myself shedding tears over her. I still miss the richness of her cooking. Whenever I think about my grandmother, I touch the red sake glasses. Her sage words have been indispensable in guiding me through life, giving me the knowledge to grow up strong. Her sacrifice and devotion have earned my love and respect.

Another of my precious things is a desk clock smaller than a baby's hand. It belonged to my husband, and was a wedding gift from his brothers. The trusty alarm used to reliably wake him up every morning for work. After a few moves, the cover for the battery compartment got lost and I always worried that they would fall out. I considered throwing it away several times, but always hesitated and put it back in its place because I knew it was something my husband cherished, especially in his collection of watches. Since time is more accurate on a well-made watch, I look at the clock and touch my face every day on the dresser, perhaps longing for the person who had left it. It was something he had handled heedfully and opened every morning, and my heart wanted to feel my husband's touch.

With that, the sake glasses and clock have become companions of my life. Though they are seemingly menial items that no one else would ever give a passing glance to, they've earned a spot in my heart throughout the years as the only remnants left by my grandmother and husband. They are reminders of all sorrows I have endured, as well as the love I have received. When I feel nostalgic, I could imagine their scents still lingering on these objects.

I know the daughter I want to leave them to won't appreciate their value at all, but I couldn't bear to

throw them away as long as I still live. I value them
more than anything else in the world, the
embodiment of significant traces of my life: love
between flesh and blood, and the unfulfilled
affection between husband and wife.

'마음의 봄'을 향한 여정
-김카니의 작품세계

한혜경
(명지전문대 교수, 수필가, 문학평론가)

1. '또 다른 나'를 향한 글쓰기

삶이 그대를 속일지라도/ 슬퍼하거나 노하지 말라/
슬픈 날을 참고 견디면/ 머지않아 기쁨의 날이 올지니

김카니의 수필집 ≪구름이 붓이 되어≫를 읽으며 널리 알려
진 푸쉬킨의 시를 떠올렸다. 〈그가 남긴 커플링〉〈호박 대가
리〉〈값비싼 칼국수〉〈종달새 할머니〉〈봄의 거리에서〉〈거
꾸로 가고 있는 나〉, 모두 6개의 장으로 나뉘어 수록된 42편
의 글에서 시간이 지나도 가시지 않은 슬픔과 상실감을 느낄
수 있었는데, 그 슬픔을 견디고 새로운 발걸음을 내딛는 변화
도 함께 읽을 수 있기 때문이다.

작가는 40여 년 전 미국으로 건너와 '맑고 환한 미소'와 "어
린아이 같은 마음을 가진" 남편과〈그가 남긴 커플링〉〈황금

빛 호수〉) 예쁜 딸 둘과 행복한 가정을 이루며 살아왔으나, '원치 않은 이별과 피하고 싶은 시련'을 마주하게 된다.(〈작은 섬〉) 결혼 33주년이 되던 해 갑작스러운 사고로 이 세상을 하직한 남편, 코로나 시기에 허무하게 가신 어머니, 아끼던 남동생의 죽음이 그것이다.

살아가면서 사랑하는 사람과의 이별이나 이런저런 형태의 시련은 누구에게나 찾아온다. 이 피할 수 없는 아픔을 어떻게 받아들이고 헤쳐나가는가에 따라 그 사람의 삶의 향방이 달라진다고 하겠다.

작가는 "예기치 않았던 이별에 외로웠고 감내하기도 버거웠"지만, "글을 쓸 수 있어서 견디고 버틸 수 있었"다고 고백한다.(〈프롤로그〉) '순서가 바뀐 죽음과 이별, 피하고 싶었던 시련들'이 자신을 무기력하게 만들었지만, 글쓰기를 통해 극복할 수 있었던 것이다. 곧 글을 쓴다는 것은 고통을 견디고 '내 안에 또 다른 나를 만들어가는 일'임을 인식하면서 "지금의 내 처지와 삶을, 지금의 느낌을 되도록 미화하지 않으려"는 의지를 다진다.

슬픔과 시련을 견디면 기쁨의 날이 오리라는 시구처럼 작가는 "있는 그대로" 자신을 정직하게 대면하면서, 매 순간 최선을 다하자는 다짐으로 새로운 삶으로 한 발 다가선다. 그리하여 "나이가 들어감에 행복을 느끼"며 '삶의 향기'를 품은, '또 다른 나'를 향해 힘차게 나아가고 있다.

2. '원치 않은 이별과 피하고 싶은 시련'

김카니는 섬세하고 온유한 성품에 화목한 가정을 일구며 살아온 자이다. 미국에 이민 와서 젊은이들과 함께 공부도 하고 직장생활도 하고 사업도 했으나,(〈숫자에 불과한 나이〉〈값비싼 칼국수〉) 삶의 중심은 가족이다. 선한 남편과 태어날 땐 '호박 대가리'라 불렸지만 예쁘고 능력도 뛰어난 여성으로 성장한 큰딸(〈호박 대가리〉), IT 회사의 리더로 자리잡은 9살 터울의 둘째 딸로 이루어진 그의 가정은 "서로에게 기쁨을 주고 따뜻한 정을 만들어"가는 소중한 '울타리'로 존재한다. (〈동생 바라기, 큰딸〉)

이처럼 부족한 것이 없어 보이는 작가의 삶에 시련이 닥치는데, 바로 사랑하는 이들과의 이별이다.

사랑하는 이를 잃는다는 것은 그때까지 안온하다고 여겼던 세계의 붕괴를 의미한다. 예고 없이 불현듯 찾아오는 이 시련은 단단하게 발을 딛고 있다고 짐작했던 세상이 한순간에 무너지는 경험이다. 앞으로는 막막한 절망감과 외로움을 감내하며 살아야 함을 예고하는 것이다.

결혼한 지 33년이 되는 해, 교통사고로 남편이 세상을 떠났을 때, 작가의 세계는 붕괴한다. "믿어지지 않는" 일 앞에서 감당하기 어려운 슬픔에 빠지며, '죄인이 된 것 같은 기분'과 밀려오는 후회 속에서 살아가게 된다.(〈그가 남긴 커플링〉) 시간이 지나면서 '외로운 상실감'이 차츰 가라앉았지만 남편의 빈자리는 갈수록 커진다. 온 가족이 함께했던 레스토랑에서의 행복했던 시간, 면도 후의 싱그러운 향기 등, 남편에 대한 그리움은 언제나 머릿속에 머물러 있고, 특히 손자와 행복한 시간을 보낼 때마다 생각이 나기 때문이다.

어머니를 향한 그리움 역시 커서 외로움이 수시로, 불쑥 찾아온다.

서쪽 하늘이 온통 금빛으로 창을 덮었다. 저녁을 먹으려다 문득 혼자라는 생각에 외로움이 밀려와 넋을 놓고 바라보았다. 이미 식어버린 뭇국을 한술 뜨려니 넘어가질 않는다. 이 맛이 아니다. 엄마가 끓여주던 그 맛이 새삼 절실하게 떠오른다. 지난여름 새벽에 엄마가 떠나셨다는 동생의 전화 소리에 가슴이 철렁 내려앉았다. 순간 가슴이 메어 울음조차 나오지 않았다.
　　　　　　　　　　　　　－〈그리움을 바라보는 추억만으로〉

어머니 생전에도 멀리 살았기에 "많은 추억을 만들지 못해서 죄송스럽고 안타깝다"는 심정이었는데,(〈반짇고리〉)[1] 임종을 지키지도, 장례식에 참석하지도 못해 더욱 한스럽다. 돌아가시기 전, 2년 가까이 요양병원에 갇혀서 외롭게 지내던 어머니를 뵈러 갔지만 코로나로 인해 제대로 만날 수 없었다. 병원 출입문 옆의 비닐 텐트 안에서 비닐을 사이에 두고 만나야 했던 것이다. 그나마 10분도 안 되는 짧은 만남이었으므로, 어머니도 작가도 소리 내 울 수밖에 없는 비극의 현장이 아닐 수 없다.[2] 그래서 "허무하게 가신 엄마를 생각하면 아프고 쓰라린 기억뿐"이다. "좋은 곳을 갈 때도, 맛있는 음식을 먹을 때에도" 생각나고, "행복할 땐 더더욱 가슴에서 살아"나곤 한다.

이처럼 먼저 떠난 이들을 향한 그리움은 '바늘로 콕콕 찌르는 아픔'을 불러오고 "그리움을 품은 시간은 언제나 내 가슴을 후벼판다." "시간이 흘러 망각이란 보이지 않는 치료약이 있어도 상실감은 치유되지 않을 것이다."란 토로에서 비탄에서

---

1) 어머니는 특히 음식과 반짇고리로 기억된다. 나물반찬과 무 넣고 시원하게 끓여주는 생태찌개, 시래깃국 등, "엄마의 손맛이 담긴 음식 생각이 눈물이 날 만큼 간절하다." 또 작가가 결혼할 때 어머니가 주신 반짇고리는 '엄마를 떠올리게 하는 유일한 향수'다.

2) 며칠 후 다시 면회 갔을 때 어머니는 작가가 선물했던 손목시계를 풀어주며 더는 오지 말라고 한다. 그리고 두 달 후 돌아가시기 때문에 손목시계는 작별선물이었던 셈이다.

쉽게 빠져나오지 못하는 모습을 볼 수 있다.

3. '내일의 또 다른 하늘'을 향해

사랑하는 이를 잃고 '외로운 상실감'에 고통스러웠지만 작가는 차츰 극복해나간다. 시간이 지나면서 가라앉기도 하지만 그 빈 자리를 메우는 존재가 나타나기 때문이다. 그리고 눈물로 상처를 감싸 안기도 하고, 새로 글쓰기를 시작함으로써 조심스럽게 새로운 세계에 발을 내딛는다.

먼저 큰손자는 남편을 잃은 뒤의 상실감을 치유해 준다. 큰손자의 탄생으로 "가슴 속 숨겨져 있던 불행의 상처가 또 다른 사랑으로 치유"되는 마법을 경험하게 된다.(〈손자의 생일선물〉) 그리고 어머니와 동생의 죽음으로 힘겨울 때 역시 세 번째 아이가 태어나 행복을 선사한다.

이와 같이 작가의 허전함을 채워주는 손자들은 희망이고 '진통제'이며 '영양제'이다. 손자들의 사진을 보고 있으면 고통이 사라지므로 손자들은 외로운 삶을 "여유가 있고 부드럽게 만들어주는" 존재이며, "얼어붙은 가슴을 하나씩 하나씩 녹여내는" '천사'들이다. 이들과 딸과 사위가 있어 작가는 무기력해진 상태에서 건강하게 살자는 다짐을 이끌어내고, '남은 사람만이 즐길 수 있는 또 다른 세계'를 받아들이며, 손자들을 위해 최선을 다하겠다는 결심으로 살아갈 힘을 얻는다.

또 한편, 슬픔에서 비롯된 눈물이 역으로 상처를 치유하기도 한다. 박완서의 소설 〈나의 가장 나종 지니인 것〉에서 창졸간에 아들을 잃은 어머니가 등장하는데, 온갖 방법으로 슬픔을 견디려고 애쓰다가 어느 날 봇물처럼 터진 울음으로 모든 걸 떠내려 보내는 장면이 나온다. '기를 쓰고 꾸민 자신으로부터 비로소 놓여난 것 같은 해방감'을 느끼고, 이후 울고 싶을 때 울면서 살아간다는 이야기이다.

김카니 역시 눈물이 마음속 상처를 정화시키는 경험을 한다. 이는 반려견 해피의 죽음을 슬퍼하는 글 〈빗소리로 찾아온 해피〉에 잘 나타나 있다. 2개월 때 와서 15년을 가족처럼 살아온 해피는 남편이 떠나고 삶의 의욕을 잃었을 때 작가 옆에서 함께 있어 주었기에 그 이별이 더욱 애달프다.

비 오는 날, 해피와 함께 산책하던 길을 걷다가 해피 생각에 울게 되는데, "창피한 것을 잊고 그냥 소리 내어 울었다." 그런데 이처럼 "오랜만에" "실컷" 울었더니, 눈물이 "내 마음속 상처를 어루만졌다."라는 느낌을 얻는 것이다.[3]

---

3) 작가는 마음이 여리고 감성이 풍부하여 눈물을 잘 흘린다. 딸이 태어났을 때 시어머니의 말이 서운해서 "눈물이 펑펑 쏟아졌다." "눈물

곧 소리 없이 눈물을 흘리는 행위와 달리 크게 소리 내어 실컷 우는 행위는 카타르시스를 느끼게 하므로 마음 한켠에 쌓여있던 슬픔과 아픔, 외로움이 해소되어 정화되기에 이른다. 그리고 글쓰기를 시작하며 삶의 활기를 얻는다.

〈나이는 단지 숫자일 뿐〉에서 작가는 "글을 쓴다는 것은 나의 감정을 변화시키며 글을 쓰는 동안 그 안에서 힐링을 받기에 노년의 동반자로 삼았다."고 하면서, 늦게 시작한 수필 창작에 "온 힘을 다 쏟기로" 다짐하는 모습을 보인다.

'재미수필문학가협회' 신인상 입상 소식을 듣는 순간 "세상이 바뀌는 것 같았다"고 표현한 것에서, 작가의 벅찬 가슴을 고스란히 감지할 수 있다.(〈신인상〉) 이는 이별의 아픔으로 눈물짓던 지난 시간을 뒤로 하고 이제 새로운 세상에 진입했음을 의미한다. 육십 넘은 나이에 무엇인가를 새로 시작한다는 것은 쉽지 않지만, "그동안 한 번도 나를 제대로 돌아보고 느껴본 적이 없었"음을 비로소 깨닫고 마음을 다잡는다. 좋은 글을 써보려는 다짐, "내 삶을 멋지게 수필로 엮어 보려"는 계획, "나이가 들어감에 행복을 느끼고 싶다는 소망"은 그가 슬픔을 넘어서 '내일의 또 다른 하늘'을 향해 방향을 전환했음

이 저절로 흘러내렸다."(〈호박 대가리〉) 또 둘째 아이를 임신했을 때 양수검사 결과를 듣고 "눈물이 쏟아졌다."(〈동생 바라기, 큰딸〉)

을 드러내는 표지들이다.

이와 같이 "새로운 경험에 도전"하는 마음, "나이는 숫자에 불과"하므로 "내면의 나이가 들지 않도록 노력해야 한다"는 결심은(〈나이는 단지 숫자일 뿐〉) 상처를 치유할 뿐 아니라 시계를 거꾸로 돌린다. 그래서 김카니는 젊어지는 중이다.

4. 슬픔을 넘어 '마음의 봄'을 향해

"원치 않은 이별과 피하고 싶은 시련으로 수없는 무기력을 경험"했던 작가는 지난 시간이

"가슴에 담고 있는 것들을 버리지 못하고 매달려 지낸 허무한 시간"이었음을 깨닫는다.(〈작은 섬〉) 이제 "마음의 봄은 만들어야 온다는 말을 새롭게 실감"하고(〈봄의 거리에서〉) "못해보고 안 하던 걸 하며 소소한 행복을 느끼고 싶다"는 소망을 키운다.(〈마이타이 한잔〉)

이로써 작가는 사랑하는 이와의 이별을 '쓸데없는 눈물의 원천(源泉)'으로 만들지 않고 그 슬픔의 힘을 옮겨서 '새 희망의 정수박이'에 들어붓는 중이다. 4)

---

4) "그러나, 이별을 쓸데없는 눈물의 원천(源泉)을 만들고 마는 것은 스스로 사랑을 깨치는 것인 줄 아는 까닭에, 걷잡을 수 없는 슬픔의

슬픔과 상실감의 늪에서 벗어나 새로운 세계를 향해, '마음의 봄'을 만들어나가는 작가에게 아낌없이 응원의 박수를 보낸다.

　　힘을 옮겨서 새 희망의 정수박이에 들어부었습니다."
　　한용운 〈님의 침묵〉 중

김 카 니 에 세 이

구름이 붓이 되어